「声、抑えなくていいから」
「ま、待っ、…あ、ああっ…！」
濡れた口の中に出し入れされて、佑都は頭がおかしくなりそうだった。

Cocktail Kiss Label

引き合う運命の糸
～α外科医の職場恋愛

義月粧子
Syouko Yoshiduki

この物語はフィクションであり、実在の人物・団体・事件等とは、いっさい関係ありません。

Contents

引き合う運命の糸 ~α外科医の職場恋愛 …… 005

あとがき …… 272

イラスト・古澤エノ

引き合う運命の糸
～α外科医の職場恋愛

「え……」

大きな声を上げそうになるのを、慌てて息を吸って呑み込んだ。

目の前を横切った男に、すべての神経が集中する。無意識のうちに、目が彼を追っている。

この感じ、はっきりと覚えている。

あれはまだ自分が十代のころのこと。今からもう十年以上前だ。

不透明な濁った世界で息苦しい毎日を送っていたとき、有無を云《い》わせないほどの強烈な光が飛び込んできたのだ。

それは一般的に云えば一目惚れとか初恋とか、そういう類のものになるはずだが、彼にとってはそんなふわっとした甘ったるい感情ではなかった。

十年以上たった今、あのときの混乱した感情が蘇《よみがえ》る。

一年間同じクラスにいて、自分たちの関係が重なることは一度もなかった。

なんの発展もなく、ただ彼の中でだけ強い影響を持ち続けていた。そして今後も折に触れ思い出す、そういう存在だと思っていたのだ。

現実世界で、あの男が自分の人生と交差するときがあると思ったことはない。それは最初に出会ったときからそうだった。

たとえ同じ教室で机を並べていたとしても、そこには見えない壁があって、越境できるものではない。相手側からは、おそらく自分と机は同程度にしか認識されていないだろうと、彼自身考えていた。

ただ自分だけが過敏に反応してしまう。

しかし心の片隅で思っていた。もしどこかで交差することがあれば…。


駅前のスーパーで買った弁当をテーブルに上に投げ出すと、彼は床にへたりこんだ。

「疲れた…」

駅からマンションまでは十五分強。ふだんは歩いて帰るのだが、この日はバスを使ったくらい疲れ果てていた。

朝香佑都《あさかゆうと》、二十九歳。職業、小児科レジデント。そしてオメガ。

当直明けの勤務が発情期と重なると、情けないくらいにへばってしまう。特に昨夜の当直は急患が相次いで、仮眠は殆《ほとん》どとれなかった。そのまま通常の勤務をこなして、何とかふだんよりは一時間ほど早く仕事を上がれた。

彼の発情期の周期はだいたい三か月に一度だが、きっかり三か月というわけでもなく、ストレス等が原因となってブレが大きい。そのせいで当直の予定が組みにくく、しかも同僚に頼まれて交代を引き受けてしまうと、ときどきこういう目に遭う。

「明後日まで頑張れ、俺……」

スーパーの袋に手を伸ばして、弁当のパックを開ける。

ビールくらい飲みたいところだけど、発情期にアルコールを飲むとあとで具合が悪くなるので諦める。

スマホを取り出して、メールをチェックしながら弁当の鶏のから揚げを食べる。すっかり冷めているが、温める気力すらない。

「それにしても、なんで彼が……」

ずっと気になっていたことが、思わず口をついて出た。

昨日のカンファレンスでその男を見たときに、佑都は驚きのせいで心臓のばくばくが暫《しばら》く止まらなかった。向こうはたぶん気づいてないと思うが、カンファレンスが終わるまでずっと落ち着かなかった。

見間違いということは先《ま》ずないだろう。あんな男、そうはいない。

妙な色気のあるイケメンで、独特のオーラを持つアルファ。彼は高校二年のときのクラスメイトだった。

藤崎迅《ふじさきじん》、その名前を佑都はずっと覚《おぼ》えていた。

彼がどこにいても、すぐさま気づいて神経はそっちに集中してしまう。しかし視線は決して合わせない。自分が彼を見ていることを知られたくなかったし、彼にとって自分は取るに足らない存在であることを思い知りたくもなかったからだ。

藤崎は誰にとっても特別な存在だった。

映える容姿に明晰《めいせき》な頭脳、恵まれた体格を生かした運動センス。何より独特の雰囲気が男女関係なく強く人を惹《ひ》きつける。

父方は大病院を経営している医師の一族で、母方の曾祖母は某有名アパレルブランドの創始者で、母もデザイナーであり経営幹部でもある。

彼らの通っていた高校には似たような環境で育った生徒は少なくなかったが、藤崎の場合はそれに加えて本人の資質が抜きん出ていたため、同学年ではもちろんのこと学校中で彼のことを知らない生徒はいないのではないかといえるくらい目立っていた。

一方で、佑都は高校からの編入であまり周囲に馴染めずに、できるだけ目立たないようにしていたこともあって、クラスでも埋もれた存在だった。

休み時間もずっと教科書を読んでいてクラスメイトと話をすることもなく、放課後もさっさと帰ってしまう佑都に友達ができるはずはなく、どこか浮いていた。

中高一貫の名門私立とはいえ藤崎のような富裕層はあくまでも一部で、クラスの大半は所謂《いわゆる》中流の家庭で育っている。それでも、佑都のような生活保護を受けていて保護者としての役割を放棄している母に代わって家事までこなすような生徒は稀有《けう》な存在だろう。

佑都がこの高校を選んだのは、授業料が免除になることに加えて教材費という名の生活支援費も受けることができたからだ。しかも図書館を含めた学校設備も充実していたし、偏差値が高いだけに授業のレベルも高い。

貧困から抜け出すために未成年の佑都にできることすべきことは、中学を卒業してすぐに働くことではなく、高い学歴を手にすることだった。成績優秀者には多くの選択肢が用意されていて、所得の高い仕事に従事できるチャンスを得ることができるのだ。

佑都にそのことを教えてくれたのは、中学時代の教師だった。

佑都が通っていた公立の中学は、卒業して高校進学する者の割合が他の地域と比較すると目立って低く、頻繁に補導されるような問題児が多く通っていた。それゆえ経験豊富な教師が派遣されていて、佑都のことも気にかけてくれていた。

そして彼のためにいろいろな高校の奨学金制度を調べてくれた。はっきりした目標を掲げて勉強すること、それを達成できれば未来は必ず開かれることを話してくれた。

佑都はそれを信じて、ひたすらに勉強した。彼にとって勉強とは好きとか嫌いではなく、明日の生活すらあやうい自分の唯一の武器だと理解していたのだ。

その結果この高校に辿《たど》り着くことができたし、担任の言葉は間違っていないと身を持って感じることができた。

高校に進学してからも、とりあえずの目標はより高いレベルの大学に進学することで、そのために成績を上げるべくこれまで以上の熱心さで勉強していた。なりたい仕事や将来の夢なんてものはない。必要なのはより多くの選択肢を手に入れることだ。その結果安定して実入りのいい仕事に就ければ、ようやく落ち着けると思っていた。

そんな彼が医師を目指したのは、ちょっとしたことがキッカケだった。

高校一年の最後の試験の結果を見た担任教諭から、この調子なら医学部も狙えると云われたのだ。それは医学部を勧められたわけではなく、単に偏差値に照らし合わせてかなりの難関でもチャレンジできるという意味だったのだが、佑都の頭には医学部の文字がストレートに入り込んできた。

自分が医学部？　これまで考えたこともなかったので、驚きと共にそれは強いインパクトを持っていた。

彼の周囲には医学部どころか大学を出た人間すらいなかった。医学部に進学する人は頭の出来が普通とは違って、それを伸ばせる環境の人たちばかりだと思っていたのだ。自分とは遠い存在だった医学部が一気に近く感じられた。

それでもすぐに医学部を目指したわけではない。自分にはハードルが高すぎると思っていたからだ。

それが、二年に進級して藤崎と同じクラスになったときに、彼の実家が大病院で彼も医学部志望なのだと間接的に聞いて、大きく心が揺れた。

自分も医学部を目指せば同じ側にいける、なぜかそんなふうに感じたのだ。同じ側にいけたところで、べつに友達になれると思ったわけではない。それでもそれがそのときには希望に思えたのだ。自分が今の場所から高みをめざすための。

誰にも云えなかったが、それでも第一志望は医学部だと自分で決めただけで気持ちが高揚するのを感じた。

その後も藤崎との接点はないままだったが、目標が同じになったことは大きな励みになった。

佑都は自分が人より抜きん出て優秀だと思ったことはなかった。ただ人の何倍も努力すれば元々の才能や環境を凌駕《りょうが》することができると信じていただけのことだ。

生活費の足しにするためのアルバイトや、まだ小学生の妹の世話を含んだ家事全般をこなす傍ら、医学部の合格圏内をキープすることは容易《たやす》いことではなかったが、彼はそれを成し遂げたのだ。

それもこれも、藤崎の存在があったからだと佑都は思っている。彼がいなければ、彼に憧れなければ、自分は医学部を目指そうとは思わなかっただろうから。

藤崎が何かをしてくれたわけではないが、彼の存在が自分を奮い立たせた。


弁当を食べ終えていつものように薬を飲むと、強い眠気が襲って来た。

「もう限界……」

シャワーは明日の朝にしようと、のろのろと着替えると、アラームを早い時間に設定して、そのまま布団に潜り込む。

目を瞑《つむ》った数秒後には、眠りにおちていた。

発情期でも薬で充分コントロールできているから、困ったことはない。そもそも体調の変化こそあれ、発情というものを経験したことがこれまでなかった。知識としてどういう状態になるのかは知ってはいたが、自分の身に起こったことはない。

もしかしたら発情しないオメガもいて、自分もそうなのかもしれないと思うことはある。そういう論文を読んだことはあるが、エビデンスもほぼ皆無の社会学の研究者のもので、学術論文としての価値はほぼなかった。

とはいえ体質は個人差が大きく稀有な例外はいくらでもある。自分がそれに該当するかは薬を止めてみればいいのだろうが、それを試してみようと思ったことはない。

彼は来年三十歳だが、藤崎を除けば、誰に対しても特別な感情を持てたことがない。これまで生活するのに精一杯で、他人とコミュニケーションをとる余裕がなかったのだ。プライベートな時間を他人と過ごした経験が殆どないが、そのことで何か問題を感じたことはない。孤独を寂しがる余裕すら、彼にはずっとなかったのだ。

だから、藤崎のことをずっと考えている自分に戸惑っていた。

いつか彼との接点ができればと考えていたことは否定しないが、それはそうならないと思った上での幻想だ。

夢は夢だから安心していられる。

現実のものとなったときに、またあのときのような惨めな気持ちを味わうことになるのかと思うと、憂鬱な気分だった。

「朝香先生、ちょっといいですか？」

外来が終わるなり、看護師から声をかけられた。

「あの…、心臓外科の藤崎先生のことご存じでした？」

カルテを入力していた佑都の眉が一瞬だけぴくっと上がる。

「凰篤《ほうとく》学園出身なんですって。確か先生も？」

「佐藤《さとう》先生の元で勉強したくて移って来られたって…」

看護師たちはちらちらお互いの顔を見ながら、佑都の様子を窺《うかが》う。

「…名前は知ってるけど、よくは知らない」

素っ気なく返す。

その佑都の態度に、看護師たちはばつが悪そうに小さな声で謝罪をすると、慌てて奥に引っ込んだ。

恐らく看護師たちの間では既に評判になっているのだろう。行く先々で注目されるというのも大変だろうなと思いつつ、ランチを買うために売店に向かう。

フロアが違うとはいえ、同じ病棟に藤崎が勤務しているというのは不思議な気分だ。この売店にだって藤崎が来る可能性はあるのだ。そんなことを考えて、女子中学生のような発想だなと苦笑してしまう。

結局弁当はすべて売り切れで、残っていたおにぎりを買ったあとに医局に戻ると、四年先輩の綾瀬《あやせ》に捕まった。

「朝香ちゃん、藤崎病院のボンボンと同窓だって？」

「…は？」

綾瀬から藤崎の名前が出るとは思っていなかったので、思わず聞き返してしまった。

「心臓外科の藤崎くん、知ってるよね？」

「はあ、まあ…」

「昨日、食堂で一緒になってさ。ちょっと話したんだけど、凰篤出身だって。そういえば朝香ちゃんもじゃね？　って思ってさ」

…噂《うわさ》の出どころは貴方《あなた》ですかと、と佑都は内心苦笑した。

綾瀬は佑都と真逆でコミュニケーション能力が抜群に高く、どんな相手ともすぐに打ち解ける。それは当然仕事の場でも発揮され、患者やその家族からもあらゆる情報を引き出して治療に役立てている。

「朝香ちゃんのこと、覚えてるっぽかったよ」

佑都の表情が一瞬だけ固まった。

「小児科なんだって、意外そうだったけど」

まさか、自分のことを彼が覚えていたとは。しかし一年間同じクラスにいたのだから、名前くらいは覚えていても不思議はないだろう。

「すげえ男前だよなあ。高校のころから、あんなんなの？」

「…まあ、そうですね」

「ちょっと前からナースたちが色めき立ってるとは聞いてたけど、無理もないね。あんなイケメンで実家も大病院なのが、まだ独身だってんだから」

独身…。佑都の心臓が、またどきんと跳ねる。独身なんだ…、そう思ったことに眉を寄せる。バカな。彼が独身だからなんだというのだ。

「ま、独身だからってフリーなわけないとは俺は思うけどね」

そりゃそうだ。高校時代そうした噂とは遠いところにいた自分ですら、藤崎が半端なくもてまくっていたことくらいは耳にしている。

「藤崎病院、いいよねえ。セレブ病室あって、ＶＩＰからがっぽり稼いでるって噂じゃん。俺も推薦してもらえないかなあ」

「…先輩ならどこでも推薦してもらえるんじゃないですか」

適当に答えて、自分の席に着くとさっき買ったばかりのおにぎりを机に置いた。

「うわ、なんか投げやり」

「だって先輩、ここ辞める気さらさらないでしょ」

難病の子どもたちの治療を積極的に行っているここでの仕事に、綾瀬が強いやりがいを感じているのは傍《はた》で見ていてもわかる。

「まあねー。コーヒー飲む？」

にやっと笑うと、コーヒーメーカーのポットを持ち上げてみせる。

「…どうも」

佑都は、自分のマグを差し出した。

「お昼、今から？」

「…です」

「もう二時回ってるぞ」

藤崎の方が診察する患者は多いのに、たいてい佑都より早く終わらせている。コミュニケーションの取り方がうまいから、患者の保護者に対して説得力があるのだろうと思う。患児の扱いも手慣れたもんだ。

佑都は淡々と説明してしまうせいで、どうも患者の保護者からの受けが悪い。学生のように見える容姿がそもそも不安を抱かせるようだ。保護者の感情をうまく受け止めることができないせいで、しつこく質問されるのではないかと自分でも思っている。

綾瀬を見ていると、自分は小児科医には向いてないいんじゃないかと考えることはよくある。逆にだからといってどこなら向いているかと問われてもそれはそれで特にない。

ただ佑都は、小児科医療に貢献するという名目の奨学金制度を利用していて、他科に移れば返済しなければならないのだ。あと五年ここか関連の病院で小児科医として働けば返済が免除になる。

当時はその給付のおかげで佑都は妹との生活費を何とか捻出《ねんしゅつ》することができていた。医大の授業料はそれとは別の奨学金を受けて、現在返済中だ。

授業料免除の枠もあったがそれは成績上位者に限られ、ぎりぎりで合格した佑都にはその恩恵には与《あずか》れなかった。それでも無利息での貸与は何とか認められ、研修医として給与をもらうようになってから、毎月負担にならない額を少しずつ返済している。

ただそれだけでなく、妹の専門学校の学費も佑都が出した。そのローンを返し終えるのはまだ先なので、これ以上の借金を増やしたくないのが本音だ。

向いていようがいまいが、やれることをやるしかない。そもそもそれを云うなら、自分が医師に向いているのかすらわからないのだから。

実は綾瀬も奨学金制度を利用していて、地方の医学部とはいえ上位の成績優秀者として返済免除の奨学金を受けていた。

綾瀬の実家は親族含めて医師は一人もおらず、父が祖父から受け継いだ小さな酒屋は、近所にできた大手のリカーチェーンに客をとられてしまい、その経営を立て直すべく大事な時期に父は胃癌《いがん》で入院することになってしまって、立て直すどころか休業にまで追い込まれた。その後無事に快癒し仕事にも復帰したが、経営状態は厳しく綾瀬が大学進学時は生活するのが精一杯だったという。

綾瀬が佑都のことをあれこれと気にかけてくれるのは、それで親近感を抱いているせいだろうと佑都自身は思っていた。

実家が太い同僚が多い中で、学生時代から自活せざるを得なかった自分たちは少数派だとは思う。それでも、家庭が破綻《はたん》していた自分と綾瀬とではまるで違う。

綾瀬の実家は収入は低かったかもしれないが、愛情に溢《あふ》れていて、それは綾瀬から度々出る家族の話からも容易に想像できた。一度、綾瀬の実家で夕食をご馳走になったことがあったのだが、日ごろの彼の言葉通りの温かい家族だった。

自分が綾瀬よりも恵まれていないとか、そんなことを思ったわけではない。ただ、綾瀬とも違う、そう思っただけだ。

「そういえば、今村多恵子《いまむらたえこ》ちゃんのお母さんと話した？」

「…今村？　いえ……」

「そっか。多恵子ちゃん、まだＩＣＵだろ？　ちょっと思いつめてる感じかもってナースが云ってて。なんか聞いてないかなーって」

佑都は、ここ数日の多恵子とその母親のことを思い浮かべてみる。

「…特に心当たりが。でも見落としてるかも。ちょっと話してみます」

「うん。それとなく世間話っぽくね…」

それとなく…、世間話……。佑都には一番難しい注文だ。

術後の経過は特に悪くはないはずだ。とはいえ、このオペがうまくいけばもう安心というわけではないのだから不安は当然だ。家族の心理的な負担は相当なものだろう。それもあって、以前にもカウンセリングを勧めたことがある。

ただ、今村は小児心臓外科部長の中垣《なかがき》に手術してもらえると思い込んでいたらしく、別の医師になったことに不満だったようだ。何より担当医がまだ経験の浅い佑都であることにも納得しておらず、カウンセリングの提案も苦笑されただけだった。

サンドイッチを食べたあとに急ぎのメールを一件送ると、佑都は小児ＩＣＵに向かった。

できるだけ苦手意識は持たないように気を付けていたが、今村は露骨に佑都を舐めているせいで、やりにくい保護者の一人なので気が重い。

それでも綾瀬のアドバイスを蔑《ないがし》ろにしてはいけないとも思っていた。

自分は彼のように患者家族とコミュニケーションがうまくとれるわけではないし、看護師たちと気兼ねなく雑談できるタイプでもない。何より、看護師は患者やその家族と一番近いところにいて、医師が見逃しがちな患者の細かな変化をキャッチしている。それでも、ちょっと気になった程度のことまで医師に逐一報告するわけではない。それが患者家族のこととなれば尚更だ。

しかし家族の不安や不満の種を放置しておくと、それが取り返しのつかないことにも繫《つな》がりかねない。医師への不満が医療不信に発展して、インターネットであやしげな情報をかき集めて、自由診療や民間医療に走る保護者もいる。しかし日本における標準医療ほど質の高い医療は実は存在せず、かなりの確率で悲惨な結果を生むことになるのだ。

特に不満を表に出さない保護者の場合、その予兆に気づくのは難しい。ごねて退院させようとするならまだそのときに説得できなくもないが、通院してこなくなるとお手上げだ。医療を強制することはできないのだから。

そして一年後、二年後に、手の施しようのない状態になって運ばれてくる。

そのときのことを思い出して、佑都は深い溜《た》め息をついた。

医療不信を植え付け自由診療で稼ぐのも、同業者だ。医師免除を最大限利用して、標準医療に疑問を投げかけ責任のとれない自由診療で荒稼ぎする。書店にはそんな医師らの書いたあやしげな書籍が溢れている。

医学論文を書くわけでもなく、エビデンスひとつ示さない一般書籍を量産してその印税で稼ぐのだ。彼らは医師でありながら論文を読むことすらしない。自分を頼ってくる患者にそんなものは必要ないからだ。

標準医療は、多くのエビデンスに裏付けされ厳しい審査を乗り越えてきた、すべてに於《お》いて信頼性の高いものだが、限界もある。むしろ限界だらけだ。

その現実から逃げ出したのが、そうした闇落ちと呼ばれる医師たちだと佑都は思っている。厳しい現実から目を背けて、患者には甘い希望ばかり持たせる。そしてどうしようもなくなったときには、手を離すのだ。

あれこそが死神じゃないかと佑都は思う。

見離された絶望と後悔を抱えた患者を最後まで診《み》るのは、ごく一般的な医師たちだ。しかしその現実はあまり知られていない。

とにかく、自分の受け持ち患者にだけは騙《だま》されてほしくない。

佑都は、小児ＩＣＵの前で今村が娘と面会中なのを外から確認する。

「朝香先生？」

佑都に気づいたＩＣＵ専任看護師が顔を出す。

「…今村さん、面会何時まで？」

「あと五分くらいです。呼びますか？」

「いや、いい。それまで待ってるから」

家族でも面会できる時間は短いので、佑都は外で母親が出てくるのを待つことにした。

スマホをいじりながら、口角を引き上げて笑顔を作る練習をする。できるだけ穏やかな雰囲気で話をするための、顔の筋肉のストレッチだ。

「…何やってんの？」

自分の前に影ができて、佑都は思わず見上げる。

「え……」

そこに立っていたのは、隣のＩＣＵから出てきた藤崎だった。

不意討ちだったので、佑都の表情はそれとわかるほど固まった。

「朝香だろ？　すっげ、久しぶり」

向こうから声をかけてくれたのに、すぐに反応することができない。

「あ、覚えてない？」

彼を覚えていない同級生など存在しないはずだ。

「ふ…じさき？」

「そうそう。綾瀬さんだっけ？　小児科の。朝香のこと云ってたから」

驚きすぎて、なんと返せばいいのかわからない。が、藤崎はさして気にするふうもなく、話を続ける。

「ここ、いいよな。術後はある程度内科に引き継げるし」

たいていの病院では、術後管理は手術をした外科の担当になる。急変したときに備えるため
その負担はかなりのものだ。

欧米のシステムだと外科はひたすらオペをという考え方が一般的で、術後の患者の管理は一
切行わないことも珍しくないらしい。

「前のとこ、ほんときつくてさあ…。術後管理で何日も病院に寝泊まりとか普通だったし」

うちでもいまだにそういう外科医はいるよと云おうとしたが、その前に佑都はＩＣＵから今
村が出てくるのに気づいた。

「あ……」

藤崎も振り返る。

「患者の家族？」

「あ、そう」

佑都が何をしにここにいるのか、すぐに察したようだ。

「んじゃ、またな」

軽く手を挙げると、佑都を残して行ってしまった。

落胆と同時にどこかほっとしたような。が、今村の怪訝《けげん》そうな顔を見て、慌てて表情を引き締める。

「こんにちは。多恵子ちゃんと話せました？」

笑顔笑顔と唱えながら、今村に近づく。

「ええ、まあ…」

「もうすぐ病室に移せますよ」

「…看護師さんからも同じこと云われました」

今村は不満そうに返す。

「そうですか」

「…あの、伊藤《いとう》先生とは手術後一度もお会いしてないんですが。執刀医が滅多に顔を出さないなんて、少し無責任すぎませんか？」

彼女は佑都を軽く見ているのか、よく不満をぶつけてくる。

「伊藤とは常に連絡をとっておりますし、容体が変化したらすぐに診られる体制になっていますから…」

「そんなこと知ってます。そういうことじゃなくて、たとえば中垣先生ならご自分でも毎日のように執刀した子を診にいらっしゃるでしょう？」

「術後は小児科が担当することになっているので…」

「たとえそうでも、中垣先生は最後まできちっとケアされてますよ」

その言葉に佑都の眉間が思わずぴくつく。それを自覚して、再度、笑顔笑顔を繰り返した。

「何か多恵子ちゃんのことで気になることがありました？」

「なにそれ、親に丸投げですか？　私はずっとついていることは許可されないんですよ。気になることを見極めるのは医者の仕事でしょ？　ほんとにこれだから。だから中垣先生にお願いしたかったのに！」

中垣の献身ぶりは患者に評判だが、担当してもらえなかった患者からの不満に対してあまり把握していないようだ。

今村の立場になってみれば不満はわからないでもない。誰だって自分の子どもを誰よりも手厚く看護してもらいたいだろう。

「いたらなくて申し訳ないです。多恵子ちゃんが安定しているのはお母さんが話しかけてくださっているからだと…」

「…そう云われれば親は納得するとでも？」

溜め息交じりに返す。

「ほんと頼りない。それに看護師も…。よりによってオメガの看護師って…」

「は？」

佑都は思わず聞き返した。

「大事な部署にオメガの看護師を配置するって、どういうつもりなのかしら。発情期になっても薬飲んでるからって勤務するとか。うちの子は女の子だからまだいいけど、男の子だったらと思うとぞっとするわ…」

佑都は耳を疑った。今どきオメガ差別を目の当たりにするとは思わなかったのだ。自分もオメガなんだと云えばどんな顔をするだろうか。しかし事態がややこしくなるだけなので黙っていた。

「中垣先生に診ていただけないんなら、前の病院にいるんだったわ」

悪びれもせずにそう投げつけると、さっさと帰って行った。

さすがに佑都は彼女を呼び止めようとはしなかった。

以前はオメガの場合は学校や職場に申告する決まりがあったが、それは差別に繋がるということで廃止されてから、病院はそこまで把握していない。しかしトラブル回避にもなるので公言しているオメガの看護師は数人いる。全員女性のオメガだが、ベータやアルファと比較して能力が劣るというようなことは一切ない。それどころかプライドを持った、仕事熱心な看護師ばかりだ。

しかし、オメガというだけで差別する人間はいまだに少なくない。オメガ特有の愛くるしい容姿が気に入らなくて、自分より下に見る傾向にあるようだ。

看護師の中にも、オメガを公言する看護師をおもしろく思っていない者は一定数いて、それはその容姿とオメガのフェロモンで、アルファの男性医を横から攫《さら》われることに強い警戒感を抱いているせいらしい。

そこまで考えて、はっとした。

これまでずっと、そういうことは他人事だと思っていた。自分が公言しないのは、病院内でのそうした恋愛事に自分はカウントされないと思っていたからだ。

しかし、もしオメガの看護師が藤崎に対して何らかのアプローチを仕掛けたら？

苦い笑みを噛《か》み殺す。

そのとき感じた、何とも云えない不快感。その根底にあるのは嫉妬だろう。

自分も、オメガに警戒心を抱くベータの看護師たちと違わない。

オメガのフェロモンに抵抗できないアルファの藤崎がそれに惹きつけられる可能性に、納得できない自分がいるのだ。

内心を云えば、アルファ女性と付き合う藤崎なら許容できるのに、オメガ女性が相手だとチートのようなそんな苛《いら》つきを感じる。

それは差別だ。オメガでありながら、同じオメガを差別している。オメガの看護師を尊重しているつもりだったが、いつのまにか自分が医師であることで彼女たちを下に見ていたのだ。

自分の差別意識を自覚するのは、嫌な気分だった。自分が矮小《わいしょう》なつまらない人間だと痛感させられる。

深い溜め息をつくと、事務作業を片付けるために医局に戻った。

紹介状の返事を書き終えると、治療方針に関して指導医の意見を仰ぐ。が、思いの外ダメ出しされて凹《へこ》んでしまう。

指導医の稲葉《いなば》は、佑都はプライベート優先で仕事にはあまり熱心ではないと思っているようだが、実際は少し違う。

そもそも佑都はオメガのせいか体力があまりない。睡眠不足が数日続くと急激に思考力が落ち、強眼痛が起こって、立っていられなくなるのだ。そうなると回復にも時間を要する。

何度か倒れかけて、その結果、睡眠を削ることが自分には致命的だと察した。そうなると、時間を如何《いか》にやりくりするかを天秤《てんびん》にかけることになる。

長時間病院にいて患者を看《み》ることの意義は当然わかるが、そうしながら論文や資料で情報をアップデートさせることは、体力的に難しい。だから、病院にいるのは必要最低限となる。とはいえ、それでも定時で退出するわけではない。

中には本当にプライベート最優先でコンパに忙しいチャラけた医師もいるが、彼らは要領がよく意外に優秀で、佑都はとても敵《かな》わない。それは学生のころからだ。医大には桁《けた》外れに記憶力がよく理解力に優れた学生が大勢いて、サークル活動やデートを満喫しながらも優秀な成績をとるのだ。

一言で云えば、頭の出来が違う。

同じ論文を読むにしても、それを糧にするまでのスピードが違うのだ。コンピューターでいえば、積んでいるCPUが違うといったところだろう。

人生を楽しみつつ、難度の高い仕事をこなす。

きっと藤崎もそのタイプだろう。

同じ医師でもそのくらいに能力の違いがある。佑都はそれを少しでも補うべく日ごろから勉強を欠かさないが、それでもついていくのに必死だ。

患者にしてみれば、自分のような医師に担当されたら損をした気分にもなるだろうと、内心同情してしまう。何しろ病院という場には、能力が高く、献身的で自己犠牲を厭《いと》わない医師がいくらでもいるのだから。

その日の帰り道、近道なので病院内の職員用駐車場を横切ると、少し先で目立つ長身の男が車に乗り込むのが見えた。

「藤崎？」

思わず口にしていた。遠目でもはっきりとわかる。

数時間前に会った彼とまた会うなんて…急いで声をかけようとして、いや声をかけてどうするんだと慌ててやめた。

ゆっくりと通路に出た車は、地味なコンパクトカーだった。藤崎っぽくないなと思ったが、もしかしたら通勤用に目立たない車にしたのかもしれないとも思う。

関係者以外立ち入り禁止の地下の駐車場は役付きの医師専用で、ペーペーは屋外に停めるしかない。警備員が巡回しているとはいえ、屋外の駐車場は誰でも出入りできるから、高級外車だと悪戯《いたずら》されかねない。

その車が少し先で停まった。職員用通用口から出てきた女性が近づいて乗り込んだ。

佑都くらい身長のある、目鼻立ちのはっきりした美人だった。あれは皮膚科医の姫野《ひめの》ユリカではないだろうか。去年、前期研修医として小児科にも研修にきていた。医大生のころからテレビや雑誌にも出ていたということはあって、垢抜《あかぬ》けっぷりが他の女性とは違っていた。

苗字に引っ掛けてユリカ姫と呼ばれていた。口説かれ慣れているのか、かなりの良物件の医師の誘いも軽く袖にすると専らの評判だと綾瀬から聞いていた。

それが、入って間がない藤崎が攫っていくとは。さすがに手が早いと感心するやら、それでもやはり複雑な気分だった。

そういえば、高校のときも放課後に藤崎と一緒に歩いている女性を偶然見かけたことがあるが、姫野のようなタイプだった。学園祭のときに連れていた彼女もそういう意味では似たようなタイプだ。たぶん彼女らもアルファだろう。オーラ以前にあの半端ない自信。やはり藤崎は自分と似たようなタイプと付き合うのだろうと思ったものだ。

云ってみれば人生負けなしのタイプ。佑都とは真逆。

わかってたことじゃないかと、頭を振った。

同じ病院の勤務医だからといって、接点なんかハナっからない。どこまでいっても住む世界の違う人間だ。

声をかけたりなんかしなくて良かったと思う。向こうだって迷惑だろう。

派手な溜め息をつくと、駅に急いだ。

その数日後、帰り支度をしているところを綾瀬に呼び止められた。

「一緒にメシ行かね？　今日、一人なんよ」

綾瀬は既婚者で妻は出張が多いらしく、そういうときはよく佑都に声をかけてくる。

「いいですけど…」

「いい店見つけたんだ。この時間ならまだ空いてるはず」

食事に誘ってくれるのは綾瀬くらいだし、たまには外食もいいと思って付き合うことにした。

「そういえば、今村さんと話した？」

今村多恵子は昨日一般病棟に移っていて、経過は概《おおむ》ね良好だ。

昨日は父親も顔を出していて、母親の方は佑都に失礼なことを云ったことはすっかり忘れているかのようで、機嫌もよかった。

「…実はあまり話せなかったです」

佑都はそのときの話を綾瀬に説明した。もちろんオメガどうこうの件はカットして。

「あー、母親の不満ってそれか…」

綾瀬は生ビールを飲むと、軽く頷《うなず》いた。

「中垣先生かあ。やっぱ、あのブログの影響かな」

「でしょうね。そうじゃなきゃ、いくら患者の家族だからってＩＣＵでのことなんかわからないはずだし」

それは心臓に疾患を持つ子の親のブログで、難病の子どもの成長を綴《つづ》ったものだ。今どきの読みやすく軽い調子と現実の厳しさとのギャップが、病気の子を持つ親のあいだで評判になって、半年前に書籍化までされたほどの人気ぶりだ。

そこには、我が子の手術を担当した中垣の献身ぶりが大袈裟《おおげさ》なくらいの熱量で描写されていた。しかも悪口ではないのだからという素人判断で、病院名も医師の名前も実名で登場していて、それを読んだ心臓疾患の子を持つ親からの問い合わせが相次ぎ、一時事務局でも問題になった。

それ以前から、小児心臓外科部長の中垣は、患者家族からは神とまで云われていて、技術の高さは云うに及ばず、その熱心さが並はずれているのだ。

全身全霊を小児医療に捧げていて、病院に住んでいるのではと云われるくらい、いつも患児のそばにいる。病院のシステムがどうあろうと、自分が執刀した患児は一般病棟に移すまでどころか、退院まで見届ける。

明らかにやりすぎだが、本人にとっては当たり前のことらしく、また術後の担当医である小児科医にも充分な配慮を行った上でのことなので、何となく他の医師も受け入れてしまっているのが現実だ。

中垣本人に功名心などは一切なく、たまにあるテレビ局からの取材依頼もすべて断っている。

だからこそよけいに神格化されるのだろう。

しかしそれが彼が執刀した患者とその家族だけの話ならまだいいが、ブログで広められると弊害も多い。

我が子を中垣に担当してもらえなかったことに強い不満を持つ保護者は、何も今村だけではない。彼女らはブログからの情報で不公平感を日々募らせている。

「中垣先生が基準になったら、どんな医師でも手抜きになっちゃいますよ」

「そうだなあ。中には、自分も中垣先生に担当してもらってブログで自慢したかったんじゃないのって云いたくなるような保護者もいてさ。あれは罪づくりだよなあ」

それには佑都も呆れてしまう。

「そもそも、術後管理を内科や小児科に任せようってのは、外科がオペに専念できるためのはずなのに、それを蔑ろにする中垣先生にも問題はあると思うんですけど」

佑都の意見に、綾瀬は腕組みをして唸《うな》った。

「うーん、うちの部長がそれに文句を云うとは思えないなあ。むしろありがたがってる」

それはそのとおりだった。

術後管理を内科や小児科が受け持つようにして手術の件数を増やす取り組みと同時に、担当医制から当直医制度に移行しようという取り組みもあるのだが、なかなかうまくいっていない。

受け持ちの患者の容体が悪いと、殆どの医師が当直医に任せることができずに病院に居残ってしまうのが現状だ。

特に小児科医は自ら志願して小児医療に尽くしているタイプが多く、自己犠牲を当たり前のこととしすぎるように佑都は捉えている。

「えらい先生ほど、さっさと帰宅して身体を休めてくれないと、ですよ」

「朝香ちゃんの云うことは確かにそうなんだけど…」

「みんなウェットすぎますよ。ドライに接することを悪いことみたいに思ってる人いるし」

難病の子に肩入れしすぎて、家族をおざなりにして尽してしまう医師は少なくない。その挙句、離婚するはめになって、精神的に不安になったり、過労がたたって身体をこわして辞めざるを得なくなってしまうのだ。

優秀な医療者を失うことが、どれほどの損失に繋がるか、本人も病院ももっと真剣に考えるべきだと佑都は日ごろから思っている。

またそういう内情を見て、途中で他科に移る医師もいる。もっといえば、研修でその内情を知ると、最初から目指さなくなる。小児科の人手不足はそれが原因でもあるのではないか。

ドライに接することの方が、全体から見れば利益は大きいはずだ。自分のプライベートを大事にしつつ小児医療に貢献する、そういう医師が増えなければ未来は暗い。

しかしそれが正論である自信はあっても、自分のように特に優秀でもないレジデントが、多くの患児を救ってきた先輩医師たちに面と向かってその正論を吐ける勇気はない。

日本の医療は、医療者の献身や自己犠牲に支えられていると云われるが、それを医療者自身が当たり前のように考えるのは違うと佑都は考えていた。

せめて疲れ果てたままに仕事に就くのはやめたい。佑都はそう考えていて、自分だけでも仕事が片付いたらさっさと帰宅するようにしている。

「朝香ちゃんがきっぱり帰るから、俺も帰りやすくなったよ」

「…俺は綾瀬さんを見倣《みなら》ってるんですけど」

「いやいや、俺なんて日和見ですよ。周囲の顔色窺いながら、遠慮しいしい、お先に失礼しまーすって」

佑都はそれに苦笑を返す。綾瀬に限ってそんなことはないはずだ。ただ綾瀬は自分と違って要領がいいから、うまく空気を読んで周囲に悪い印象を与えない。

「こないださ、いつもお先に失礼で帰っちゃう朝香ちゃんが、プライベートで何やってるんだろうって話になってさ」

「なんですか、それ」

佑都は同僚や上司たちにプライベートを大事にする今どきの若者扱いされていることは知っ

ていたが、誰も自分には関心などないと思っていた。

「飲み会ではしゃいだり、彼女との時間を大事にするようなタイプには見えないのに、なんでちゃっちゃと帰るんだろうって誰だったかが云い出して」

「なんか、いろいろ失礼なこと云われてる気が…」

「まあまあ。そしたら川田《かわだ》が、自宅でゲーム三昧《ざんまい》なんじゃないのって」

「あいつ…」

川田は一年後輩だ。

「コントローラーを三か月で壊すタイプじゃね？　って云ってたぞ」

「人をゲーマー扱いとか…」

「清水《しみず》の予想は、こっそり漫画か小説を描いてコミケに出展してるんじゃないかって」

「なんでコミケ…」

「毎年年末に連休とってるって。それがコミケの日程らしいね」

「…知らんがな」

正月の当直は特別手当がつくので、佑都はそれを積極的に引き受けている。その分年末に休みがくるようになっているだけなのだ。

まあどっちにしろ、オタクなイメージのようだ。

そのくらい余裕のある生活だったらよかったなと、内心苦笑する。

「で、何やってんの？」

綾瀬がニヤニヤ笑いながら聞いてくる。

「まあ、いろいろですよ。ネット見たり…」

「あ、ユーチューブとか？」

「はあ」

面倒なので、適当に返しておく。

「俺もユーチューブやろうかなあ」

「綾瀬さんがですか？」

「最近、医療系のユーチューバーって増えてるじゃん」

「はあ」

「チャンネル開設したら、助手やってくんない？」

「嫌です。遠慮します」

即座に返す。

「え、はやっ。断るの、早っ」

佑都はそれを無視して、ウーロン茶を飲んだ。

「朝香は女装が似合うと思うんだよな。可愛くメイクしてさ」

「…急に何云い出してんですか……」

「ユーチューブで稼ごうぜ！」

「病院でバイトした方が稼げます」

佑都も他院で当直のバイトはやっている。勤務医の収入は他院でのバイトを含めてやっとそれなりの金額になるのだ。綾瀬も佑都と同じ系列の療養型病院に行ってるはずだ。

「それって、なんか夢なくない？」

「……」

「そうだ、藤崎くんをゲストに呼ぼう」

いきなり出た藤崎の名前に、佑都はどきっとする。が、そこそこ酔っていた綾瀬はまったく気づきもしなかった。

「朝香はバカにするけど、正確な医療情報って大事だと思うんだ。今の若い保護者は、間違った情報をネットから受け取る人が多いじゃん。だからそれを阻止するためにはネット発信も大事だと思わない？」

「思いますし、先輩がやるなら応援しますけど、巻き込まないでください」

「応援ってどんな？」

「チャンネル登録しますよ」

「それだけ？」

「他に何か？」

「いや、だから出演して…」

「却下です」

「なんでよー。出てよう」

だんだんうざくなってきた。

「それじゃあ、先輩が女装してみたらどうですか？」

投げやりに返してみたのだが、綾瀬は真面目な顔で佑都を見た。

「え？　いけるかな」

「……」

「考えたことなかったけど、悪くないかも」

佑都はそれには何も返さずに、料理を摘《つま》む。

「…この天ぷら、美味しいですね」

「……おい、無視すんなよ」

「こんなとこに店あるの、知らなかったです」

「…最近できたんだ。俺も教えてもらってさ」

そう云うと、綾瀬は店のスタッフを呼び留めて、日本酒をオーダーする。

「朝香ちゃんは…」

云いかけて、彼らのテーブルを横切ったグループに綾瀬の視線が止まった。

「あれ、木場《きば》？」

先頭の男が振り返る。

「綾瀬かー。これはうるさいのに捕まった」

木場と呼ばれた男は、笑いながら返す。木場は心臓外科医で、二人は同期なのだ。

佑都は挨拶しようとして、木場の後ろに藤崎がいることに気づいて、食べかけの天ぷらをテーブルに落としそうになった。

「あらら、藤崎くんも一緒じゃん。今噂してたんだよ！」

綾瀬もすぐに藤崎に気づいたようだ。

「噂？　なんすか、それ」

藤崎はちらと佑都に視線を走らせて、苦笑交じりに綾瀬に返す。

それに敏感に気づいた佑都は、藤崎に何か誤解をさせたんじゃないかと、内心焦った。が、そんな微妙な空気など綾瀬が気にするはずもない。

「いやー、とりあえず、ここ座んなよ」

「おいおい、おまえ、いつも強引すぎ」

「いいじゃん。混んできてんだから、店もテーブル一緒にした方が助かるだろ？」

木場は苦笑しつつも、異論はなさそうだった。

連れてきたのは藤崎と、彼と同じように佐藤教授に師事したくて移ってきた宇都宮《うつのみや》という女性医師だった。

佑都は状況が把握できないでいたが、あれよあれよという間に、藤崎と同席することになってしまった。それでも藤崎の席は宇都宮を挟んだ自分と同じ側だったので、一番顔を合わせにくい配置になって、少しだけほっとした。

飲み物が揃《そろ》ったところで、改めて乾杯する。

「早速だけど、藤崎くん、ユーチューブやんない？」

脈絡もなく切り出す綾瀬に、藤崎はもちろんのこと、木場や宇都宮もポカンとして、佑都は軽い頭痛がした。

「…は？」

ややあって、名指しされた藤崎が口を開く。

「だから、ユーチューブ」

「なんで？」

「俺、始めようかと思って。正確な医療情報を提供したくて」

「…それはご立派な心がけかと」

「そしたら、そこの朝香くんがきみを誘ってみたらどうかと。イケメン枠として」

いきなり巻き込まれて、佑都は口をパクパクさせた。

「い、云ってません！」

「云ってなかった？」

しれっと返されて、佑都の頭痛がひどくなる。

「けど、ユーチューブはおもしろそうだな。綾瀬、喋《しゃべ》るのうまいし」

「だろだろ？　それでイケメンには若い女子の集客のために出てもらいたいわけよ」

「なるほど」

いや、木場さんも納得しないで…。

「朝香は女装が似合いそうだし」

蒸し返そうとする綾瀬をきっと睨《にら》み付ける。が、そんなことで綾瀬を黙らせることはできないのだった。

「女子って女装男子好きでしょ？」

「あー、確かに」

話を振られた宇都宮も納得している。

「朝香さん、ゴスロリ系とか似合いそう」

「似合いませんっ！」

即座に返すが、この流れは止まらない。

「えー、そうかな。ダーク系の女装した朝香さんと執事姿の藤崎くんとで、医療系ユーチューブチャンネルやったら、けっこう人気出そう」

なんだ、この宇都宮ってもしかして腐女子とかってやつ？　かんべんして…。佑都はもう何も聞こえないよう、無心になった。

「執事！　いいねえ。ちょっと腹黒い感じで」

「あ、似合いそう。丸眼鏡かけて、白い手袋つけて…」

「手袋はオペ用？」

「片手にメスで、不正確な医療情報を斬る、って感じで」

「いいっ。陰謀論アカウントに片っ端から突っ込み入れていくスタイル？　すごい、やってほしいです！」

なんでみんなそんなノリノリなの？　佑都はまるでついていけない。けど執事の藤崎はちょっと見てみたいと思わないでもなかった。

それでもとにかく、自分は話に交ざらないようにいつものように気配を消す。

そのうちに、ユーチューブのことから病院業務のことに話題は移っていった。

「朝香くんは、さっきからずっと黙ってるね。もしかして興味ないとか？」

木場から突然指摘されて、佑都は目が泳いだ。

佑都は大人数での会話が苦手で、どのタイミングで話に入ったらいいのかがわからなくなるので黙って聞いていることにしていた。自分に向けられた質問以外に口を挟むタイミングがよくわからないのだ。

「おまえー、そういう云い方はないだろ。朝香ちゃんは口下手なだけだよ」

綾瀬に庇《かば》われて、佑都は身の置き場がない。

「それならいいけど、興味なかったら申し訳ないなあって」

「そんなことは…」

消え入りそうな声でもごもごと言い訳してしまう。

それを見ていた藤崎が、少し意地悪な目で笑った。

「この人、学生のころからこんな感じなんで、気にしなくていいんじゃないかな。他人の会話に興味ないらしいから」

その棘《とげ》のある言葉に、佑都の顔が強張《こわば》る。

「まー、学校時代はね。九割くだらない話だからさ」

さらっと綾瀬が流してくれて、藤崎もそれ以上は何も云わなかったが、彼が自分のことをよく思っていない空気だけは佑都にもしっかりと感じられた。

ただ佑都にとっては、それ以上に藤崎が自分のことをちゃんと認識していたことの方が驚きだった。てっきり教室の机と同程度にしか認識されていないと思っていたのだ。

しかし考えてみれば、自分で思っている以上にクラスで浮いていたのかもしれない。だから覚えていたということはありそうだ。

確かに、他のクラスメイトと自分は違うとは思っていた。羨《うらや》ましいと思うことはもちろんあったし、どこか僻《ひが》んだ気持ちもなかったとは言い難い。何より彼らに自分の境遇を理解してもらうことは無理だろうとも思っていた。

それで壁を作っていただろうことは否定しない。

何より家事やバイトをこなしたあとに家で勉強できる時間はあまりなく、休憩時間を活用するしかなかったのだ。友達との会話を楽しむ時間は自分には与えられていないとも思っていた。

貧困から抜け出るのは簡単ではない。他人の話に興味があるとかないとか、そんなことを考えている余裕すらなかった。

ただ、藤崎にもそんなふうに映っていたほど、自分はあのクラスでは異端だったのだろう。

たぶん誰もが藤崎のように自分をよくは思っていなかったのだと思う。

それは仕方がない。自分はあまり人から好かれないのだということを知っていた。きっと何かがずれている。きっと居場所を間違ったのだろう。あそこは自分のように余裕のない人間がいていい場ではなかったのだ。

それでもあの学校に行ったから、自分は今ここにいる。それは間違いない。

それほど遅くならないうちにお開きとなって、大きな通りにでたところで藤崎と佑都がタクシーを止めて、女子と年長者を見送った。

「朝香、方向どっち？」

車の流れを見ながら聞く。

「俺、電車で帰るから」

佑都は当たり前のように返した。

「え、駅までちょっと歩くぞ？」

「このくらいは…」

そんなちょっとくらいの距離をいちいちタクシーなんか乗ってられない。

「あ、来た。んじゃ、駅で落とすよ」

「いや、大丈夫」

「…いいから乗れよ。どうせ通り道だ」

目の前にタクシーが止まって、藤崎がさっさと乗り込む。

不思議な気分だ。高校の一年間ずっと同じクラスに居たのに一度だってまともな会話をしたことがないのに、彼がこの病院に来た途端に、一緒に食事をして同じタクシーに乗ることになろうとは。

狭い空間に藤崎と二人きりというだけで、緊張してくる。いや、運転手もいるからと自分に云い聞かせる。

藤崎は車が発進するより先にスマホを取り出して、何か入力していて、佑都を気にする気配もない。

そりゃそうだよな、と佑都は内心苦笑する。藤崎だって佑都と話をしたいわけじゃない。単に親切で同乗させてくれているだけだ。

そう思っていると、不意に藤崎が云った。

「…そっちはいいの？」

「え？」

「先輩にお礼とかさ」

片手で操作しながら、ちらりと佑都を見る。

「…あ。けど明日も会うし」

藤崎はふうんと頷きながら、送信を押した。

「綾瀬先生ってそういうのうるさくなさそうだね」

それ以前の問題として、佑都はいちいちお礼のメールを送ったことはない。店を出たときにお礼は云ったし、明日出勤したらまた云うつもりだし。それ以上に必要だとは考えたこともなかったのだ。

けど、もしかしてそれがビジネスマナーとか？　もしそうなら明日会わない木場先生には送った方が？　いや待て、木場先生のアドレス知らないじゃん。それに今日の勘定は綾瀬さんと木場先生で折半してたから、木場先生は俺の分は支払ってないことになるんじゃ。それなら自分は綾瀬さんにだけお礼を云うのでよくない？　いやなんかその考え方も違うような。ああ、なんか面倒くさい。

「いい店だったたな」

ごちゃごちゃ考えてた佑都に、藤崎はリラックスした笑みを向ける。

その不意打ちに、佑都の顔が強張った。

「…あ、うん…。美味しかった」

ぎこちなく視線を逸《そ》らしてしまう。できるだけ自然に視線を前方に向けたいのだが、肩から首が攣《つ》ったみたいに動かせない。自分の身体の向きが中途半端に藤崎の側《がわ》に傾いていて、そこから戻せない。

「あの店、最近できたんだって？　二人ともよく知ってるな」

「…綾瀬さん、ナースステーションに入り浸って情報収集してるから」

視線は合わせられないものの、視界には藤崎が入っている。それを意識すると心臓の鼓動が速くなって少し息苦しい。

「へえ、今度教えてもらおう。来たばっかだから、このあたりの店全然知らないんだよな。朝香のお薦めとかある？」

さらっと聞かれて、佑都は答えに窮した。

「…駅前ならサイゼ○ヤとか？」

苦し紛れに返す。

「…それ、笑うとこ？」

「いや、他に知らないいし。食事なんてほぼほぼ職員食堂で用は足りるだろ…」

「食堂って…。マジかよ」

「だから俺に聞くなよ」

どうやら本気で呆れられているようだ。

しかしそれも無理はない。この病院に来て既に五年たつが、この界隈《かいわい》の気の利いた店のひとつも知らないのだから。

「外食しない主義？」

「ていうか、食事に金かけない主義かな」

正確には、金をかけられないいだけだし、それは食事に限ったことではない。

「友達少なそう…」

遠慮なく云う藤崎に、佑都は肩を竦《すく》めただけだった。

「まあ、いいのかそれで。朝香って他人に興味なさそうだしな」

「……」

「休み時間もずーっと勉強してて誰とも話さなかっただろ？　そんな無駄な時間ありませんって感じでスカしてて、遊んでる奴をバカにして、勉強以外興味ないんだろうなって」

なるほど、藤崎にはそんなふうに見えていたのだ。

嫌な奴、そう云いたいのだろうことはよくわかった。だったら、なんでタクシーに乗るように誘ったりしたんだろう。放っておいてくれればいいのに。

そのときガクンと大きく車が揺れて、佑都の身体が藤崎の側に投げ出された。

「うわ、アブねっ！」

叫んだのは運転手だった。

「すみませーん。ウーバーのチャリが割り込んできて…」

いきなりのことに対処できず、佑都は藤崎と密着してしまう。慌てて離れようとしたとき、藤崎の体臭をもろに嗅いでしまって、頭がクラクラしてきた。

アルコールの匂いに混じった、オスの匂い…。

ダメ、意識しちゃダメだ…。そう云い聞かせても、身体は内側から熱くなってきて、ますます息が苦しくなってくる。

「大丈夫スカ？」

運転手がルームミラーごしに聞く。

「あ、はい」

眩暈《めまい》まで襲ってきて、それを何とかやり過ごすと、彼から離れた。

「ごめん…」

外の空気が吸いたくて、急いでウインドウを下げた。まだ残る眩暈をやり過ごすようにぎゅっと目を閉じる。

「…ちょっと酔ったみたい…」

聞かれてもないのに、ごまかすように云ってしまう。

脂汗で手の甲まで濡れていた。眩暈だけではなく、身体が熱くてなんだかやばい。

この感じ、初めてだったが、思い当たることがひとつだけあった。

いや、まさか…。

でももしそうなら、アルファの藤崎は気づいたかもしれない。しかしそれを確認する勇気は佑都にはなかった。

「駅前、かなり混んでるみたいで、手前でもいいですか？」

「あ、はい。どこでも…」

早く降りたかった。

ちょうど信号が赤になったので、運転手はドアを開けた。

「…お先」

そう云うのが精一杯だった。

藤崎の方を見ることもせずに、信号が変わる前に急いで車を降りて歩道に移動して、ほっと息をついた。

あのままずっと車に乗っていたらどうなっていたのか。想像するのも怖かった。

「あ……」

そのときふと、タクシー代のことを思い出した。

慌てて戻ろうとしたが、信号が変わって車は既に発進していた。

せめて駅までの料金は割勘のつもりでいたのに。しかも礼も云ってない。きっとずいぶん失礼な奴だと思われただろう。

まあ嫌な奴だとずっと思われているんだから、今更だろう。

ほら、悪い予感のとおり。あのときの憂鬱は、これを半ば予想していたからだ。

ただ憧れていただけでよかったのに。同じ業界にいるというだけで満足していたのに。

彼が自分を嫌な奴だと思っていたことなんて、知りたくなかった。

認識されてないのは惨めだけど、嫌な奴だと認識されていたのは、それ以上に辛《つら》いことを知った。

休み時間もずっと勉強していたのは事実だし、勉強以外興味ないと云われてもそこは否定しない。それでも同級生をバカにしたことはないし、スカしていたつもりなんてまったくない、ただ毎日生きていくのに必死だっただけだ。それでもそんなふうに受け取られていたとは。

佑都は深い深い溜め息をついた。

既に眩暈は治まっていて、身体の内部の熱さも消えていた。

ふと、雨が降り出していることに気づいて、駅に急いだ。

ホームで電車を待っているうちにも、雨足はどんどん強くなっている。

タクシーに乗っていなければまだ駅には辿り着いていない。傘は持っていたものの、やはり藤崎にお礼のメールくらい送っておいた方が。タクシー代のこともあるし…。

しかしそのときに気づく。

いや、彼のアドレス知らないじゃん。思わず苦笑する。

たまたま同席しただけだ。科も違うのだから滅多に会うことはないはずだ。

誤解されていたのは残念だが、それはもう仕方ない。

なんだか、ひどく惨めな気分だ。

電車に乗り込むと、医師向けのメディカルニュースのサイトを流し読む。最新の治験の情報をチェックしていると、メールが入った。

なぜか一瞬どきっとして、慌てて開くと妹の繭子《まゆこ》からだった。

八歳離れた妹とはこれまでいろいろあったが、去年ようやっと就職することができた。職場の先輩と付き合っていることは聞いていたが、その彼を紹介したいという内容だった。

何となく予想はしていたが、実に感慨深い。

『ただの彼氏？　結婚前提？』

いちおう確認しておく。これまでただの彼氏を紹介されたことはないので、ただの確認だ。

『結婚前提だよ』

そのあとに、某アニメキャラのドヤ顔のスタンプもついてきた。

『了解。あとで予定表送る』

業務連絡のような返信を送って、改めてその結婚の文字に溜め息が出る。

あの妹が結婚か…。

繭子からは、彼氏とのツーショットの画像が届いた。実に幸せそうだ。

彼氏は佑都よりひとつ年下で、縦も横も大きめの熊っぽいタイプだった。そこにいるだけでふわっと優しい空気を放っていて、心から安心できるのだと繭子が話してくれた。

佑都以上に母親に振り回された幼少期を送った妹は、何よりも愛情に飢えていて、佑都は自分がそれを与えてやれなかったことに罪悪感を抱いていた。

あのころの佑都には余裕がなく、妹に対する愛情は自分でも希薄だと感じていた。小さい妹を自分が守らなければと思うと同時に、彼女の存在が足枷《あしかせ》になっていると感じることも実際にあった。

高校時代も、自分一人なら食事つきの寮に入ることができて、家事やバイトをする必要もなくなり、クラスメイトとも人並みな付き合いくらいはできたはずだ。そんなふうに考えてしまう自分を恥じたが、ときには逃げ出したくもなったのだ。

それは医大に入っても続いて、特に五年のときは最悪だった。

母がどこかで借りたらしい借金の返済を迫るやばい筋の男が家を訪ねてきたり、すっかりぐれた妹がまだ中学生なのに売春で補導されて警察まで引き取りに行ったこともあった。

その数年後、母親がドラッグのオーバードーズで亡くなったという連絡を警察から受けたときに、どこかでほっとしている自分がいたことを覚えている。

彼女は、佑都が高校に入ったときには既にアルコール依存の症状を抱えていて、何度か自殺騒ぎを起こしてもいた。生活保護費を家に入れることはなく、自分か男のために使っていた。

いつかこんな日が来るのかもしれないと思っていた。

アルコールだけでは飽き足らず薬にも手を出したのかと、憐《あわ》れですらあった。身元確認のときに見た母は、まだ四十半ばのはずなのに老婆のように見えた。

悲しみは殆どなかった。これで彼女に煩わされることに怯《おび》えなくていい、そんな感情の方が先だった。実の母親をそんなふうにしか思えない自分も、もしかしたら憐れかもしれないなとそのときは思った。

ただ一緒に母を見送った妹にとってはそれが分岐点となった。彼女なりに思うところがあったようだ。

それまではせっかく入った高校もさぼりがちだったが、真面目に通い出すようになった。佑都が何か云ったわけではないが、いつの間にか悪い仲間とは手を切って、将来のことを考えるようになった。

そのころから少しずつ兄妹の関係も変わっていった。ずっと反発していた佑都に対して、少しずつ少しずつではあるが心を開き始めたのだ。

高校卒業後の進路について、妹から専門学校に通いたいと打ち明けられたときは、何か報われたような気持ちになった。

それでも、自分が彼女に愛情をかけてやれたとは思っていない。今でも自分のことで精いっぱいなのだ。

それはたぶん自分が愛情を知らないせいだと思う。彼はずっと誰からも愛を教えられていない。それを学ぶ機会がなかった佑都が、誰かに与えられるものではないのだ。

愛情に飢えている妹にそれを与えてやることができなかった佑都は、そんな彼女を受け止めてくれる人が現れたことに感謝した。

もちろん結婚で不幸になる人は世の中掃いて捨てるほどいる。自分の両親がそうだ。

結婚で豹変する人間も特に珍しくない。本人に問題はなくても、その親に問題がある場合もある。周囲にそそのかされて破滅の道を歩む人だっている。なので、まだまだ油断はできない。

だからこそ、願わずにおれない。

どうかうまくいきますように。妹がもう傷つくことがないように。

佑都は心からそう願っていた。

タクシーの一件以来、まださほど日がたっていないのに、また藤崎と顔を合わせることになった。

医療訴訟に関しての勉強会で、レジデントは参加することが推奨されているものだ。

病院の顧問弁護士を招いた講義で、具体的なケースに対しての細かい対策を学ぶことができる。ここ一、二年の実際の訴訟に於いての傾向も分析されていて、それによると、医師にとってはごく常識の範囲でも一般人には通じにくく、何より検察は元より裁判官ですら医学的な正しい理解ができているとは考えにくいことが克明に表れていた。

医療訴訟はメディアも扱うことが多く、科学的素養に欠ける記者の偏った記事のせいで、医師がやり玉にあげられることは少なくない。

要は、そうした実態を踏まえてどう対策するかだ。その具体的な話だった。

佑都は前の方の席で講義に集中していたので、藤崎に気づいたのは質疑応答が始まってからだった。

できるだけ彼の方を見ないようにやり過ごして、終わるとそそくさと部屋を出たが、廊下で誰かに声をかけられた。

「朝香くんじゃない」

振り返ると、宇都宮だった。

「あ、先日はどうも…」

「勉強になったねえ。具体例があると、わかりやすいから助かる。医療者と非医療者との認識の違いとかね」

「確かに」

「医療訴訟っていうとメディアは飛びつくから、訴訟に持ち込まれないのが大事だよね」

「訴訟された時点で詰むケースもあるわけですから」

うんうんと頷きながら、宇都宮が小声で耳打ちして来る。

「ね、聞いて聞いて。明後日のオペ、助手で入れてもらえることになったの」

よほど嬉しかったのだろう。すっかりはしゃいでいる。

「それは、よかったですね」

「ありがとう。佐藤先生の手技をすぐ傍で勉強できるなんて、嬉しすぎて！」

きっと医局ではあまりはしゃぐことができないでいたのかもしれない。オペ室に入ることもできずに外から見学するだけの研修医が大勢いるのだ。若手の医師にとって、憧れの佐藤医師のオペの助手ができるなんてことは羨望の的になる。

「実は私、将来的には小児心臓外科に行きたいと思ってるの。でもその前に成人で修業してこうと思って」

「ああ、そういう人いますね」

「いつか小児外科に移ったら、朝香さんに術後管理をお願いすることになるかも」

「あー、でもそのときは小児科にいないかも」

「え、なんで?」

「いや、どうかな。まああと数年はいますけどね」

そんな話をしながらエレベーターを待っていると、同僚数人と一緒の藤崎が近づいてきた。

そのうちの一人が宇都宮に気づいた。

「あ、宇都宮さん。今ラインしようと思ってたとこ」

「え、何ですか?」

「終わったら磐田《いわた》先生が来てって」

「え、磐田先生?」

「私らも呼ばれてて。一緒に行こ」

「あ、はい。それじゃ…」

宇都宮は佑都を置いてエレベーターに乗り込んだ。

「何の話？」

一緒に乗らなかった藤崎が、ちらと佑都を見る。

「え、行かなくていいのか？」

「俺は呼ばれてないし」

そう…と云おうとして、不意にタクシー代のことを思い出してポケットを探る。

「あの、こないだのタクシー代」

小銭を取り出す。

「え、いや、いいよ」

藤崎が苦笑している。

「けど助かったし。ほら、雨降ってたし」

佑都が食い下がる。

「んじゃ、それでコーヒー奢《おご》って」

「え？」

「外来のカフェがいいな。付き合ってよ」

そう云って、エレベーターに乗る。佑都は戸惑いつつも、お金だけ払って帰ればいいやと思って、ついていくことにした。

「で、宇都宮さんと何の話してたの？」

なんでそのことが気になるのだろうか、もしかして彼女に気があるとか？

「…佐藤先生のオペの助手に決まったとか何とか」

「ああ、そのこと…」

「凄くはしゃいでたから、誰かに聞いてほしかったんじゃないかな」

「なるほどね。みんな確かにピリピリしてたね」

佑都は外科医のノリがちょっと苦手だった。自分をアピールしないとオペに入れてももらえないというのが面倒すぎて、自分には無理な世界だと悟ったのだ。

しかし、藤崎はまるで他人事のようだ。佑都が知らないだけで、もうとっくに助手くらいやっているのかもしれない。佐藤医師は実力主義だと聞くが、オペの担当を決める医局長あたりが、藤崎病院の身内ということで彼を特別扱いしたとしてもおかしくはない。

「綾瀬さんに教えてもらったんだけど、腹腔鏡《ふくくうきょう》で折鶴折る動画、見たことある？」

佑都はふと思い出して聞いてみた。腹腔鏡手術の練習で、鉗子《かんし》で折鶴を折るという方法があるのだ。

「ああ、あの先生、凄いね」

「藤崎もやったりする？」

「やるやる。あそこまで速くないけど。わりといいセンいくよ」

藤崎が自分で撮ったという動画を見せてくれた。

「みんな凄いな。まあ不器用な奴は外科にはいかないだろうし」

「そうでもないよ。めちゃめちゃ不器用だけど、めちゃめちゃ練習して巧くなったって先生いるし」

「それはそれで凄いね。よほど外科医になりたかったんだろうね」

「朝香も小児科医になりたいんじゃないの？」

そう思われても仕方ないとは思うが、佑都は医大時代に受けていた生活費支援の給付の返済が免除になるために小児科を選択したに過ぎない。自由に選べるなら小児科は選択肢にはなかったかもしれない。

佑都は藤崎の素朴な疑問には曖昧に返して、カフェに入った。

藤崎はブレンドコーヒーを注文すると、佑都を振り返った。

「朝香も同じのにしたら？　二杯目はディスカウントされるって」

佑都はいらないとは云いにくくなってしまった。

「俺、席とっとくね」

そう云うと、さっさと店の奥に入っていく。佑都は支払いを済ませて、二人分のカップを受け取った。

自分の分にオプションのミルクをたっぷり注いで、藤崎を探す。

中庭に面したカウンター席にいた藤崎を見つけて、トレーを置いた。

嫌な奴だと思ってる相手とコーヒーを飲む藤崎の神経がよくわからない。

「まだけっこう混んでるな」

「ここは平日はいつもだよ。むしろ食堂だとこの時間は空いてる」

「そりゃ、この時間に昼ってのは遅すぎだろ」

「俺わりといつもそんなだよ」

「…それは空いてるのを狙ってとか？」

「いや。外来が終わってからだと、たいていそうなる」

「そんなに大変？」

「ていうか、俺が仕事遅いだけ」

悪びれずに返す。それに藤崎の目に揶揄が浮かぶ。

「仕事遅いんだ？」

「そう。親とのやりとりが下手でさ」

「それって若く見えて信頼されにくいってこと？　朝香だと医者ってより医学生って感じだもんな」

「…なんかディスられてる？」

「生意気そうな医学生に何か云われても、親は胡散臭《うさん》そうって思うだろうし」

「生意気そうって、なんだよ…」

「だからさ、もっと愛想よくするとか…」

「そっちのが胡散臭いんじゃないか」

藤崎はおもしろそうに笑うと、ちょっと声のトーンを落とした。

「それよりさ……」

ちらりと周囲を見て、こそこそと耳打ちする。

「あんたさ、もしかしてオメガじゃない？」

紙カップを持っていた佑都の手が、一瞬震えた。

店内は騒がしかったので、聞こえないふりでやり過ごすことはできたかもしれないが、予期しなかった言葉に佑都は何も云い返せなかった。

「やっぱりか。どうりで」

「……」

「おかしいと思ったんだよなあ。けど、それなら納得」

藤崎の言葉は耳に届いているが、佑都にはその意図することがわからなかった。

ただ、バレてしまった、そのことだけがグルグルと頭の中を回っている。

「医者はアルファが多いから、気を付けないとね」

周囲には聞こえないように囁《ささや》かれて、佑都は背筋に冷たい汗が流れた。

なんで？　これまで一度だって不審がられたことはないのに。

何か言い訳をしようとして、スマホのバイブ音に遮られた。

「あ、俺」

藤崎がスマホをポケットから取り出す。

「呼ばれたみたい。お先に。ご馳走様」

そう云って、飲みかけのカップを持って席を立つ。

「あ、大丈夫。このことは誰にも云わないから」

にこっと爽やかに微笑むと、佑都を残して店を出ていった。

『もしかしてオメガじゃない？』

藤崎の言葉が蘇る。

最悪だ。一番バレたくない相手にバレてしまった。

あのとき、タクシーの中で自分の身に起こったことを思い起こす。

身体が熱くなって、息苦しかった。そのときにアルファが反応するような、所謂フェロモンのようなものが出てしまったのだろうか。

そして、さっき藤崎が云ったことの意味を考える。

つまりこういうことだ。何とも思っていない相手、それどころか嫌なヤツだと思っている相手なのに、彼は欲情しかけたのだ。

気になっている相手なら狭いタクシーの中で身体が触れ合ったら、そういう気になるのは当たり前のことだ。しかし藤崎にとって佑都はそういう相手ではない。むしろ、他人を小ばかにする嫌なヤツだとさえ思っている。

なのに、身体が触れただけで自分の中の何かが反応した。そのことに彼は引っ掛かったのだろう。そう「おかしいと思った」わけだ。

だが、佑都がオメガなら容易に説明がつく。それは生理的なことであって、気持ちはまったく別問題。藤崎がアルファである以上、オメガに反応するのは当然のことだ。だから、「それなら納得」ということになる。

そう、ただの生理現象。そう納得したのだ。そうじゃなきゃ、自分が佑都に欲情するはずがない。そういうことだ。

さっきまで藤崎が座っていた席に、年配の男性が座った。

はっとして、時間を確認する。自分も戻らないと。そう思って残っていたコーヒーを飲み干したが、それはすっかり冷めていた。


入院患児を診察していた佑都は、数値を確認しながら注意深く患児である賢太《けんた》の表情を見る。

「…昨日、具合悪かった？」

賢太に話しかけたのだが、彼が答える前に先に母親が返した。

「夜中に一度吐きました。そのあともずっと具合悪そうで、私はずっと心配だったんです。でも当直の先生が暫く様子をみようって…」

それは既に当直医から引き継いでいることで、佑都は賢太本人からそれ以外のことが聞きたかったのだが、いつも母親が横から答えてしまうのだ。

「血液検査しておきましょうか。橋本《はしもと》さん、血液検査お願いします」

看護師に指示を出す。それを見て、母親は大袈裟に溜め息をついた。

「やっぱり。だから当直の先生に検査してくださいってお願いしたのに。これじゃあ、なんのために入院してるんだか…」

入院慣れしている患児の保護者の中には、医師の説明だけでは満足せずにネットでも詳細に調べ上げ、保護者同士で情報交換をして、治療法に関してやたら詳しい者がいる。それがプラスに働くこともあるが、どちらかというと医師よりも自分の方が詳しいと勘違いして、あれこれと口出しすることもあるので、さすがにやりにくい。

医師はルールに従って検査のオーダーを出すのだ。ただ心配だからというだけで検査をすることはないし、それは厳密にいえば保険外検査となってしまうため、病院では厳しく禁じられている。それにたとえ夜中に検査をしたところで、検査技師はいないのだから結果はすぐには出ないのだ。

他の患児も診察し終えたときに、賢太の検査結果が届いた。

「これは…」

佑都は賢太の病室に急ぐと、他の検査も行うことを母親に説明した。すると、母親は不満そうに佑都を睨み付ける。

「だから云ったじゃないですか。母親のカンを軽く見るからこんなことに…」

そのときは異変は見られなかったし、そもそもこの母親は常に不安を口にして、もっとちゃんと検査してくれと云い続けている。

検査室に連れて行くために看護師が車椅子で迎えに来るまで、母親からもっと親の意見を重視しろとか、主治医なら当直医に任せきりにするなとか、ねちねちと責められ続けた。

ようやっとナースステーションに戻ることができて、カルテの記入を始める。

賢太と似たような経過を辿るケースの報告はある。自分が見逃していたことはないかとチェックするが、どうやらそれはなさそうだった。佑都は患児の保護者のコメントも念のためにカルテに記入している。訴訟対策でもあるし、反省材料にもなるからだ。

記入を終えると、今のうちにランチをとっておこうと一人で食堂に向かった。

資料を確認しながら定食を食べていると、賑《にぎ》やかな一団が近づいてきた。

「朝香先生、ここいいですか？」

同じ小児科の看護師から声をかけられた。

「ああ、どうぞー」

適当に答えて、はっとした。その一団の中に藤崎もいたのだ。

偶然とはいえ、このところよく彼と遭遇する。

「そういえば、朝香先生と藤崎先生は同じ高校だったんですね？」

放っておいてほしいのに話題にされて、佑都は内心溜め息をついた。

「そうそう。あんま覚えてないけどね」

佑都に代わって藤崎が答える。

「えーそうなんだ」

「けど、写真とかあるんじゃ？」

看護師たちの視線が佑都に注がれる。

「卒アルとかも？」

「わー、見たい見たい！」

「あそこの制服イケてるんだよね。藤崎先生の制服見たーい」

佑都の眉がうっすらと寄った。なんでそれを俺に云う？

「…藤崎先生に云えば？」

そう返すと、再び資料に目を落とす。

「そ、そんな云い方…」

まだつっかかる看護師を、佑都は煩わしそうに見た。

「あのさ、今調べてることがあるんだ。俺を勝手に話の中に入れないでくれる？」

冷たい返答に、場がしんとなった。

「こええ」

藤崎がわざとらしく云う。それで看護師は藤崎が味方についたと思ったようだ。

「…朝香先生ってば、そんなだから患者さんに嫌われるんですよ」

「ちょっと、サヤカ…」

「今日だってお母さんから責められてるの、見ましたよ。云い返しもできずに、関心ありませんって態度で…」

「確かに、ちょっと上から目線なとこあるけどね」

面と向かって云われるとは、どうやら自分が舐められているのは保護者だけではなさそうだと佑都は思った。

「他人に興味ないいんだよ。だから云い返しもしない」

藤崎は苦笑交じりに云うと、パスタを口に運んだ。

なんでこの状況で自分が責められるのかさっぱりわからない。しかもその原因になっている藤崎に、なんでそんなことを云われなきゃいけないのか。

「他人に興味がないのは、そっちもだろ?」

思わず云ってしまった。

「…は?」

ワンテンポ置いて、藤崎が反応する。が、彼が何か云おうとする前に看護師たちが猛反発を始めた。

「ちょっと、なに自分と一緒にしてんですか」

「ほんと、失礼すぎ」

「うわー、ないわ。さすがにないから」

佑都は相手する気にならずに、無言で立ち上がってトレイを片付けた。

今更看護師に何を思われていようが気にならない。それで仕事に支障をきたすようなことがないなら、勝手に思っていればいい。

藤崎だって同じだ。今更何と思われようが知ったこっちゃない。

そもそも、向こうが先に自分のことを好き勝手云ったのだ。こっちだって思ったとおりのことを云わせてもらう。

べつに嫌がらせで云ったわけじゃない。佑都には、藤崎が他人に興味がないように見えていたのだから。

友人が大勢いて、切れ目なく彼女がいて、いつもクラスの中心にいる藤崎だったが、それでいてどんな相手でも一線を引いていて、その中には誰も立ち入らせない。そういう印象を佑都は持っていた。

話らしい話など殆どしたこともないが、一年間ずっと気になっていて、無意識に観察していて感じたことだ。

それはもしかしたら、彼と話をしないからこそ、本質が見えたのかもしれない。話上手な藤崎は、他人への興味のなさを会話術でうまく覆い隠してしまう。彼の表情や振る舞いだけを観察していた佑都だからこそ見えるものがある。

もちろんそれはすべて佑都の勘違いかもしれない。それでも佑都がそう感じたことを、藤崎の外見しか見ていない看護師たちにまで軽々しく否定されたくない。

ちょうど連絡が入って、佑都は検査の結果に対して放射線医の意見を聞きに行った。指導医の稲葉《いなば》を捕まえて、意見を聞く。

「…よく調べてたな。私もその見立てでいいと思う。根岸《ねぎし》さんはどう?」

一緒に相談にのっていた根岸を見る。彼女は佑都よりも十年以上先輩だ。

「うん、賛成。朝香ちゃん、このテーマで論文書きなさいよ」

「ああ、それはいいね」

「実は保護者の賛同が得られなくて…」

前にそれとなく打診したときに、賢太を実験材料にしないでって云われたのだ。

「それは説得しないと。ここでの治療は本人だけのものじゃないんだから」

稲葉はそう云うと、自分を呼びに来た事務局の人間と部屋を出ていった。

それを見送って、根岸は佑都に向き合うと、ちょっと声を潜めた。

「賢太くんのお母さんとのやりとり、聞いたよ。うまくいってない感じ？」

「…実はそうなんです」

正直に返す。

「少しは云い返してもよかったんじゃない？」

「はあ…」

「治療方針まで口出しされて反論しないと、よけいに舐められるよ」

よけいに、か。思わず苦笑してしまう。

「ああいう人は反論しないのは認めたからだと思うでしょうし」

「…そうかもしれませんね」

「そりゃ、云い返すのは面倒だろうけど」

ヒヤリとした。見透かされてる気がしたのだ。

佑都は感情論に反論するのが苦手だ。論理的に説明することを拒否されるとお手上げだ。以前に反論したことが裏目に出たことが何度かあった。相手の怒りを買ってそれ以降頑《かたく》なになって、治療に非協力的になったのだ。自分が悪者になるのはべつにいいが、患児にマイナスになると困る。それなら黙って流しておいた方がいいし、何より楽だ、そんなふうに思うことが増えてきていた。

「やっぱり、舐められてるんでしょうか」

佑都は真面目な顔で返した。

「そうね。朝香ちゃんのせいばかりじゃないとは思うけど。いろんな親がいるしね」

「治療もですが、親との関係がこんなに難しいとは思ってなかったです」

「そこが小児科の難しいとこよね」

根岸は溜め息交じりに頷く。

「私も、いまだに子どももいない人に云われてもって云われることあるし」

「…先生でも……」

「そこは産科医も似たようなもんよ。男性医や子どものいない医師に、子どもを産んだこともないくせにって。だったら、癌になったことのない内科医や、骨折したことのない整形外科医にも同じこと云うのかって」

根岸は呆れたように云って、肩を竦めた。

「どこかで、母親の自分こそが誰よりもよくわかっているって思っちゃう人がいるんだろうね。自分が医師に任せきりになることに罪悪感を覚えちゃうとかも。治療に熱心なほど空回りしちゃうことがあるから…」

佑都は黙って頷いた。

「医師にはそれぞれやり方があるから何が正しいとは云い切れないけど、朝香ちゃんはまだ若いんだから、親とやり合うことを諦めてほしくないなあ」

「……」

「親によって対応を変えなきゃいけないことはあるけど、それを見極めるには経験がいる。それは失敗を積み重ねて習得していくものだから」

「…はい」

佑都は神妙な顔で頷いた。

「きつい思いもするし傷つくこともあるから、それを回避する医師がいるのは仕方ない。でも朝香ちゃんはそういうタイプじゃないでしょ？　感情表現は苦手だけど、いつも患児のことを一番に考えてる」

思わず泣きそうになった。さほど親しくない根岸がそんなふうに思ってくれていたとは。

「それで失敗したときは私らに泣きついたらいいんだよ。それができるのも今のうちだよ」

根岸が若手の医師や看護師から、姉《ねえ》さんと慕われているのがよくわかる。

結局、論文の重要性を考えた稲葉が説得してくれて、母親から承諾してもらうことはできたが、彼女との関係はまだ微妙だった。

この日は当直で、当直着に着替えて夕食をとったあとは呼び出しもなく、当直室で論文の執筆に集中することができた。

今日は静かだなあなんて思っていると、スマホに呼び出しがあった。熱が下がらない三歳児で、自家用車で向かうという。

『十五分後くらいに到着の予定です』

「了解」

佑都は時計を確認すると、トイレを済ませて緊急外来に降りた。

廊下がざわついていて、電話応対中の事務や看護師がやや殺気立っている。

「なに？」

顔馴染みの整形外科医に聞く。

「交通事故だって」

「ああ…」

救急車のサイレンが近づいてきて、医師たちの緊張感が高まる。

ストレッチャーに乗せた患者が運ばれてきたが、救急救命士が患者に跨《またが》って蘇生術を行っている。すぐに二台目の救急車も着く。

多重事故らしく、少し離れた病院と患者を振り分けたようだが、まだ患者はいるらしく受け入れるにはギリギリの数になるという。

急いで駆け付けた当直医の中に、藤崎の姿もあった。

佑都は少し驚いたが、当直が重なることくらいあるだろうと思い直して自分の患者を待っていたが、暫く待っても患者は現れない。

「…発熱の三歳児、まだ来てないよね？」

受付が少し落ち着いてきたので、声をかけてみる。

「そういえば。事故で渋滞してるのかも」

「ならいいけど…」

受付の事務員の視線が、佑都からその背後に移る。それにつられて佑都も振り返った。

藤崎たちが患者を乗せたストレッチャーをオペのためにエレベーターに載せていた。扉が閉まるのを皆が茫然《ぼうぜん》と見送っている。

「お疲れ」

目が合って、つい云った。

「…ああ」

血で濡れたゴーグルを外す。

「どんだけスピード出してたんだって。あ、警察から連絡来たら、腕探してやってって伝えて」

事務員が露骨に眉を寄せた。

「間に合うかな」

「さあな。助かっても、腕が見つかっても、目が覚めたら地獄だな」

「……」

「助手席の女性、心肺停止だって」

佑都は息を呑んだ。

「せめてシートベルトしてたらなあ」

吐き捨てるように云う。

皆が言葉をなくしていると、自動ドアが開いて子どもを抱いた女性が駆け込んできた。

「ちゅ、駐車場で人が倒れていて…！」

「え？」

全員が彼女に注目する。

「警備の方に伝えました。子どもがいるから、近くに寄れなくて…」

すると、警備からもすぐに連絡が入った。

『警備の本田《ほんだ》です。今、倒れてる人を発見しました』

にわかにざわつく。

『二十代から三十代の男性で、ひどく酔ってるみたいです』

酔っ払いか。緊張した空気が少し和らぐ。

「あ、僕行ってきます」

「私も。泥酔患者なら私らでも何とかなるかと」

研修医の二人が名乗り出て、ストレッチャーを押していく。

佑都はその子ども連れが自分の待つ患者だろうと思って、受付に誘導した。そして自分は診察ブースに回る。

「連絡、ありがとうございます」

まだ興奮した状態の母親に椅子を勧める。

「…びっくりしました。暗いからよく見えなくて、でも呻《うめ》き声が聞こえていたので、慌てて警備の方に…」

「そうでしたか。ツヨシくんも熱が出ていて心配なときに、申し訳ありませんでした」

子どもをベッドに寝かせてもらって、診察を始める。

「ただの熱かとも思ったんですけど、いつもより高いから心配で…」

「万一のこともありますからね。発熱はサインのひとつなので、躊躇《ちゅうちょ》することはないですよ」

その言葉に、母親がほっとする。

「特に他には心配な症状では出てないようなのですね…」

やんわりと返して、看護師に指示を出す。

「お薬手帳、お持ちですか？」

「あ、はい……」

鞄から取り出して、佑都に差し出す。

佑都は念のためにいくつか質問をした。そして出されている薬をチェックしていると、別のブースが騒然としてきた。

「…さっきの人？」

母親が心配そうに佑都に聞く。緊急外来の各ブースはカーテンで仕切られているだけで、話し声も聞こえ放題だ。

「まだすぐには下がらないと思うので、解熱剤出しておきましょう」

佑都は、ツヨシに服を着てもいいよと声をかけた。

「それで少し落ち着くと思います。明日起きても下がってなかったら、かかりつけのお医者さんに診察してもらってください」

「…よかった。ありがとうございます」

着替えを手伝いながら、母は佑都に頭を下げた。

「いいえ。お大事に」

送り出すと、処方箋を書いて看護師に渡す。が、騒がしさは増していて、藤崎の声も聞こえてきた。

気になって、自分のブースを出て様子を見に行く。

「…酔っ払いじゃなかったのか？」

思わず声をかけてしまう。

「酔っ払いが事故に遭ったらしい」

「事故？　こっちも？」

「そう。こっちも」

既に当直医で回せる患者数は超えている。当直の外科医はもちろんのこと、オンコールで呼ばれた外科医も手術中だ。救急車からの依頼なら断って他院に行ってもらうケースだ。

「内臓、損傷してるんだ。別の外科医を探してもらってる」

次から次と…。いったいどうなっているんだ。

「彼、この近くの会社員みたいだ。ＩＤが鞄に入ってた」

「なんでうちの駐車場に…」

「さあ…。とりあえず出血は止めたけど、早くオペしないと…」

「…なんてこと……」

なんでこんなときに重なるのか。

「大橋《おおはし》先生が一時間後ならいけると」

電話で呼び出しをかけていた事務員が報告にくる。

「一時間？　いや、何云っててんの…」

藤崎が即座に返す。戻ってきた救急医の杉原《すぎはら》も首を振った。

「それじゃ間に合わないな」

藤崎は暫く逡巡《しゅんじゅん》しているようだった。

「俺が…」

佑都は慌てて彼の顔を見た。

「俺が、やります…」

「へ？」

杉原が妙な声を上げた。

「やったことあんの？」

「前の病院で外科の特別研修はいちおう受けて、助手をやったことは…」

「けど失敗したら訴えられる可能性が…」

「そんなこと云ってる場合？　放っておいたら死にますよ。今から引き取ってくれる病院あります？　間に合いますか？」

「それは、わかるが…」

「外科医にリモートでサポートしてもらえないでしょうか…。こっちの映像を送って」

「…なるほど。それなら…」

杉原は小さく頷いた。

「わかった。俺が外科医に話つけてくる。協力してくれそうな奴がいるよ」

杉原も腹を括《くく》った顔になって、事務員にオペ室の準備と麻酔医の手配を頼む。

「第一助手、俺がやってやる」

「よろしくお願いします」

藤崎はがばっと頭を下げる。救急医は親指を突き立てながら駆け出していた。

「朝香、第二助手やってくれるか？」

藤崎が振り返る。

「え、俺？」

オペなんてもうずっとやっていない。

「研修医のとき、やったろ？」

あれをやったというのだろうかと思ったが、目の前にいる研修医たちより多少はマシだろうと思うしかない。

「…やるしかなさそうだな」

「よろしくな」

にやっと笑うと、研修医たちにも手伝わせることにした。

妙な感じだった。藤崎と一緒に手術をするなんて。

オペ室に急いでいると、スマホに杉原から連絡があった。

『前田《まえだ》がやってくれるって。今はオペで抜け出せないけど、指示ならできるだろうって』

「了解です」

『モニターの準備したいから、研修医寄越してくれる？』

「今行かせます」

藤崎は目の前にいる研修医たちを送り出すと、佑都と二人でオペ室に患者を運んで粛々と準備を始める。

そこはさっきまでと打って変わって、静かすぎるほど静かだった。

藤崎と二人きりになって佑都は俄《にわ》かに緊張してきた。自分に助手なんてできるんだろうか、藤崎の足を引っ張ったりしないだろうかと。

「…なんか変な感じだな」

着替えながら、藤崎がぼそっと漏らす。

「まさか、小児科医とオペやることになるとはな。しかも朝香と…」

きっと藤崎も、佑都以上に緊張していて、気分を和ませようとしているのだろう。

「めっちゃスカしてて、俺らのことバカにしてたあの朝香が…」

「べつにバカにはしてない」

「そうか？　けど、もろに興味なさそうに目も合わさなかったじゃないか」

「あれは…。…目が合ったら、うぜーって云われるんじゃないかって思ったから…」

それだけではないが、それもひとつの理由ではある。

「そんなこと思ってたんだ？」

「…じろじろ見てんなよって云われたことあるから」

「そんなこと云う奴いんの？」

佑都はそれには答えなかった。藤崎といつも一緒にいるクラスメイトの一人に面と向かって云われたことがあるのだ。

「それで、シカトしてたんだ？」

二人で並んで手を洗い始める。

「…シカトしてたわけじゃないけど…」

「そうなの？　俺、てっきり嫌われてるんだと思ってた」

石鹸《せっけん》で肘まで泡立てながら、佑都を見る。

「べつに…嫌ってたわけじゃ……」

「俺、もしかしてけっこう誤解してた？」

「…俺がわりと浮いていたから」

「そういえば、あんた修学旅行も行かなかったろ？　その間も惜しんで勉強してるんじゃねえのって云ってる奴もいたけど、ほんとのとこどうなん？」

悪気なく聞かれて、佑都は苦笑を漏らした。修学旅行は誰が計画したのか、オーストラリアだったのだ。

「…ぶっちゃけ、費用が高すぎて」

佑都はできるだけ何気なく、しかし正直に云った。

「え？」

藤崎は一瞬、意味がわからなかったようだ。

「うち、貧乏で。学校も奨学金で通ってたんだよ。補助もあったんだけど、修学旅行費までは

出なくて。まあそんなわけで、いろいろ浮いてたかも」

「…貧乏？」

藤崎には一生縁がなさそうな単語だろう。

「あのガッコだと珍しいだろうけど」

「なんか…、俺、いろいろ誤解してた？」

藤崎はもう一度繰り返した。

「やー、あんま気にしないで」

苦笑しつつ返して、手術用のマスクを着けた。

妙な話の流れになってしまったが、そのせいで緊張感が和らいだ気がする。

「お待たせ、お待たせ」

杉原と研修医たちがばたばたと駆け付ける。遅れて麻酔科医も到着した。

研修医が撮影するスマホに向かって、藤崎は挨拶をする。

「心臓外科の藤崎です。前田先生、よろしくお願いします」

『はいはい。いつでも始めて』

看護師が足りないため、道具出しは佑都がやることになった。

前田の指示に従って、藤崎は焦ることなく淡々と進めていった。

迷いがなく、処理スピードは速いが丁寧で正確。佑都がもたついても、しっかりとフォローしてくれる。その技術の高さに驚いた。

『ああ、そう。手順がしっかり頭に入ってる感じだな』

前田も絶賛する。その前田自身も、途中で後輩に執刀を譲ったものの、その後輩を手伝いながら違うオペの指示を出すわけで、その能力の高さに佑都は舌を巻いた。

何とか足を引っ張らないように、佑都も必死になってついていくが、その惚れ惚れする手際に自分まで気持ちが高揚してくる。

修羅場慣れしているベテランの杉原が冷静なのは当然として、専門外のオペにもかかわらず終始落ち着いている藤崎のおかげで、佑都も何とか焦らずに済んでいた。

『うち、もうすぐ終わるから、そっち回るよ』

前田は、後輩に何事か指示をすると、そう云った。

「よろしくお願いします」

藤崎は施術を続けながら礼を云う。

「…よかったな。これなら、後遺症も軽くて済むかも」

「ですね。やっぱ若いと体力あるから」

杉原の言葉に、藤崎もほっとして同意する。

前田はすぐ近くのオペ室から移動してきて、手早くチェックしていく。

「うんうん、これでいい。藤崎くん、三年目だっけ？　やるねえ」

「先生の指示が的確で。助かりました」

「うーん、オッサンを持ち上げるのもうまい」

前田はからからと笑う。

「とりあえず、最後までちゃっちゃとやっちゃうか」

前田が加わると、更にスピードが増した。藤崎も負けじとそれに合わせていく。

「速いし、綺麗だな」

前田は藤崎の縫合に舌を巻いた。極細の冠動脈を縫合する心臓外科医の藤崎にとっては、大きな血管を縫うのはさほど難しいことではないのだ。

「よーし、終わった。お疲れお疲れ」

前田がそう云うと、研修医たちからパラパラと拍手が起こる。佑都もそれに加わった。

「めちゃめちゃ速い…」

「凄かった…」

研修医たちが溜め息を漏らす。

後片付けを彼らに任せてオペ室を出ると、藤崎は長椅子にどかっと座り込んだ。

「よかった…」

ようやっと緊張感から解放されて、脱力したようだ。

「安心したら力抜けたか？」

前田が微笑みながら藤崎を見下ろす。

「…はい」

「よくやったよ。おまえ、度胸あるな」

「…ありがとうございます」

「仕事も丁寧。うちのレジデントより断然巧《うま》い。何よりセンスがいい」

手放しの称賛に、藤崎もさすがに照れ臭そうだ。

「うちに来ない？　面倒見るよ」

「光栄です。時間あるとき研修させてください」

「うまくあしらうねえ」

「や、そういうつもりじゃ…」

そこに、ＩＣＵ専属の看護師が顔を出した。

「外でご家族が待たれてますが」

慌てて立ち上がろうとする藤崎を、前田が制した。

「俺が説明しといてやる」

「俺も一旦下に降りるわ。警察来てるだろうし」

二人の先輩たちに云われて、藤崎はありがたく従った。

「お疲れさま」

佑都はマスクをとって声をかけると長椅子に座った。佑都もまたひどく疲労していたのだ。

「そっちも」

「俺はなにも…」

「…朝香の手が震えてるの見えたら、なんか逆に冷静になっちゃってさ。こんなしれっとした顔してるくせに、こいつ手震えてんじゃんって」

「なんだ、それ…」

「や、俺もよくわかんないけど、そう思ったらすっと冷静になったんだよな」

「…役に立てたならよかった」

佑都は素っ気なく返したが、内心は充分動揺していた。

さっきまでは緊張感の中でよけいなことは考えられなかったが、その緊張から解放されたせいで、藤崎の真剣な目や惚れ惚れするような手際が思い出されてきてしまう。

そして落ち着いて見えた藤崎ですら、不安がなかったわけではないのを目の当たりにして、ひどく愛《いと》しい気持ちになる。

なんだろう、胸がふわっとして、落ち着かない、この感情は…。

その違和感に少し息苦しくなって、小さく息を吸い込む。

不意に、藤崎の体臭を感じた。オペで汗をかいていたせいだろうか、この距離なら意識するほどでもないはずなのに、やけに濃く感じた。それは決して不快なものではなく、むしろもう一度吸いたくて、口を閉じたまま大きく息を吸い込んでしまう。

その瞬間、身体の芯に火が点《つ》いたように熱くなる。そしてもっと奥が疼《うず》くような…。

なに、これ…。

「…ちょ、あんたさ……」

急に藤崎の態度が変わった。

「やばいんだけど…」

「え？」

「場所、考えろよ」

「何が……」

返しながら不安が渦巻く。まさか、何か気づかれた？

「自覚ないのか？　めちゃ喰《く》われたそうな匂いしてる」

溜め息交じりに云われて、佑都は弾かれたように立ち上がると藤崎から離れた。

「よく知らないけど、ピルとかちゃんと飲んで…」

「の、飲んでる」

震える声で返した。

「それじゃあ、なんかあるだろ、抑制剤とか…。そんな、フェロモンだだ漏れで…」

苛々したように藤崎が返すと、いきなりドアが開いて前田が戻ってきた。

「…外まで聞こえてるぞ」

佑都の眸《ひとみ》が驚愕《きょうがく》したように開かれる。

「なに揉めてんだよ」

「……」

藤崎は肩を竦めただけだった。

「失礼します……」

佑都は居たたまれない様子でガウンを脱いで回収ボックスに押し込むと、逃げるように部屋を出た。

「先生もわかったでしょ？　残り香すげえ…」

前田がアルファだろうことは、藤崎には容易に想像がついた。

「残り香？」

「確かに、めちゃくちゃいい匂いだけど…」

藤崎の言葉に、前田は僅かに眉を寄せる。

「…つまり、彼はオメガってことか？」

「ですね。ていうか、すごい匂いしてるでしょ」

「や、俺には全然」

「は？」

「俺もアルファだし、鼻は利く方だけど、あの子からは何も」

藤崎の表情が止まった。まだ部屋に残ってる。

「…嘘でしょ」

「いやー、オメガだったんなら俺が喰いたい」

前田は悪びれずに云って、笑った。

「…先生、既婚者でしょ」

「うちは奥さんもアルファでさ。オメガの愛人がいるんよ」

「なんだ、それ」

「けど、医者でオメガってかなり珍しいよね」

「……」

「あんまりオメガって感じじゃなかったけど、とりあえず声かけてみようかな」

おもしろそうに云う前田を、藤崎は思わず睨み付けていた。

「ん？　あの子、きみの相手？」

「…違いますよ」

「だったら文句ないよね」

藤崎はそれには答えなかった。

「それよか、患者のご両親がきみにお礼が云いたいって。今ICUに案内してるから、あとで顔出しといてよ」

「…わかりました」

「それじゃあお先に」

前田はひらひらと手を振って、出ていった。

まさか、あのオッサン、本気で朝香に手を出すつもりじゃないだろうな。そう考えるだけで藤崎は苛々してくる。

絶対に阻止してやる、そう思って立ち上がりかけたが、すぐに思いとどまった。

おい、落ち着け。あの朝香だぞ？　彼が誰とどうなろうと、自分と何の関係がある？

ゆっくりと深呼吸する。部屋に充満していた強い匂いは、既に霧散していた。

それより、考えるべきことがある。なぜ前田が朝香のフェロモンに気づかなかったのか、ということだ。

離れていたから？　いや、さっきまで部屋中に充満していたし、朝香がガウンを脱いだ瞬間はあやうく自分を抑えられなくなりそうだった。アルファの前田が気づかないはずがない。

それなら前田はなぜあんなことを云ったのだろう？

気のせいだと思わせて、自分が先に朝香を喰うつもりだとか？　そんなせこいことをするタイプには見えない。

それなら他に何が…。

中学生のころに、興味本位でオメガのことを調べたことがあった。アルファの悪友がどこで聞いたのか、オメガとのセックスはとんでもなく気持ちがいいんだという俗説が話題になったことがあるのだ。

自分も含めた周囲の友人たちがセックスを経験したばかりで、頭の中はそういうことでいっぱいだったころだ。

そのときに読んだレポートの中に、特定のアルファにしか反応しないオメガがいるという記述があった。それが、特定の個人なのか特定の対照群なのかははっきりしないが、そういうケースは実際にあるのだという。

そういうケースが元になって、いろいろ盛られたものが運命の番《つがい》などと呼ばれているのだろうと、著者はまとめていた。たとえば、出会った瞬間に恋に落ちるとか、触れた途端にビビビと全身が反応するとか、魂が惹かれあって二人を出会わせるとか、都市伝説には事欠かない。

べつにオメガだのアルファだの関係なくても、ロマンティックで思い込みの強い人間なら、自分の恋人や配偶者を運命の番だと考えるだろう。それは感情の問題だから、藤崎は特に興味はなかった。

しかし、特定のアルファにしか反応しないオメガというのは、科学的裏付けがあるものだ。朝香がそうであるなら、前田の反応も腑《ふ》に落ちる。しかし、そうなると、また更に疑問が湧く。

もし自分がその特定の相手なら、なぜ今になって反応してる？　高二のときに一年間も同じクラスに居ても一度としてそんなことはなかったではないか。

「先生、ご家族がお帰りになるようですが…」

ＩＣＵの看護師が顔を出した。藤崎は慌てて立ち上がった。

「はい。今行きます」

朝香のことを頭から追い出して、ガウンを脱ぎ捨てて廊下に出た。

佑都は足早に当直室に戻ると、汗でぐっしょりの当直着を脱いですぐにシャワーを浴びた。

また、やってしまった。しかも今度は前田にも知られてしまった。

「最悪だ……」

あのタクシーでの一件があって以来、いつもより頻度を上げて自己検査をしていたし、主治医に相談して詳細な検査も受けた。が、問題は特になかった。

ただ佑都はうすうす気づいていた。発情期とは関係なく、自分が藤崎の体臭を嗅いだせいでフェロモンを制御できなくなったのだということに。

これまで、そんなことを気にかけたことはない。高校時代も医大時代も、周囲にアルファはいくらでもいた。彼らは公言しているケースも多かったし、運動のあとなどに体臭を感じたことはあったが、単に汗臭いなと思うだけだった。

なんで、藤崎だけ？

自分が彼に惹かれてるから？

佑都は苦笑して、小さく首を振った。

佑都はこれまでも、オメガに関する文献は海外のものも含めて相当数読んでいた。その中にはジェンダー研究としてのものも少なくなく、科学的にわかっていることはほんの僅かであるということがわかっただけだった。

「こんなこと考えても仕方ない」

シャワールームから出て予備の当直着を着ると、パソコンでネットニュースを検索する。

多重事故の画像がいくつもあがっていて、大破したランボルギーニと巻き込まれたトラックや乗用車やらが、事故の大きさを伝えている。既に死者二人と出ていた。

病院の駐車場での轢《ひ》き逃げ事故の記事もあったが、死亡事故ではないためか扱いはそれほど大きくない。

あのとき藤崎がオペを決断しなかったら、あの患者は恐らくもう生きてはいない。

文字通り、命を救ったのだ。そのことをもっと称賛したかったなと、ぽつりと思う。

手術の手際の良さばかりに目がいったが、その前に自分が助けられると決断した、その自信と勇気の方が凄いのだ。

あの場合、オペのできる外科医が残っていないのだから、他の外科医が到着するまで待つか、他院に運ぶかを選択する以外ないし、それで間に合わなかったとしてももうどうしようもないことなのだ。

専門外の医師がオペをして失敗した場合、訴えられる可能性すらある。病院のコンプライアンスに照らし合わせても手を出さない選択の方が支持される。

そんなことは藤崎だって重々承知の上だろう。その上で、自分なら助けられるはずだと手を挙げた。無謀なのではない、充分勝算があってのことだ。これまで技術を磨いてきたという、強い自信があるのだろう。

佑都は、そんな藤崎を本当に凄いと思った。とても敵わないし心から称賛したい。人の命を救うことなんて、誰にだってできることじゃないのだ。

そんなことを考えていると、ノックの音が響いた。

え、また、急患？　そう思って慌てて立ち上がる。

「はい」

ドアを開けると、そこにいたのは藤崎だった。

「え…」

藤崎は何も云わずに、どこか苛ついたように佑都を見下ろしている。

「…急患？」

小さい声で聞いてしまって、そんなはずないなとすぐに自分に突っ込みを入れた。受付からの連絡にはスマホを使うし部屋に内線電話だってある。そもそも藤崎が呼びに来るわけがない。

「…じゃないか」

「何云ってんの？」

呆れたように返されて、佑都はちょっとむっとした。

「それよか、前田さんいる？」

頭ごしに中を見る。佑都の眉が更に寄った。

「は？」

「だから、前田さんと一緒なんじゃないかって…」

いきなりなんでそんなことを聞かれたのか、意味がわからない。

その不躾《ぶしつけ》な態度に佑都は少しむかついた。

「…そんなこと、あんたに関係ないだろ」

自分でもなぜそんな答え方をしたのか、よくわからない。単にいないと云えばいいだけのことなのに、つい反発してしまったのだ。

「やっぱ、いるんじゃないか。あの野郎…」

強引に踏み込んできた藤崎と身体が接触して、佑都はもろに彼の体臭を嗅いでしまった。

「ちょ……」

ぐらっと強い眩暈がして、慌てて壁に手をつく。なんなの…そう思った次の瞬間、佑都からフェロモンが放たれた。

「あん、た……」

藤崎は思わず片目を閉じた。

「これって…」

佑都は焦って、藤崎を外に押し出そうとする。

「か、帰って…」

「…なんだよ、これ」

「いいから、帰っ……」

突き出した腕を掴《つか》まれて、そのまま部屋に引き摺《ず》り込まれた。

「…嗅がせて」

強く引き寄せられて、肩口に鼻先を埋められた。

ぞくんと、更に佑都の身体が震える。

藤崎は鼻をクンクンさせて、思うさま吸いこんでくる。佑都はそれを振り払えなかった。

「…めっちゃいい匂い……」

うっとりと匂いに酔ったように、目を細める。

「たまんね…」

舌なめずりをして、佑都をじっと見上げる。

蛇に睨まれた蛙のように、佑都は抵抗できなかった。

佑都の薄い桜色の唇に、藤崎の唇が貪るように吸い付いてくる。

「あ…ぁ…は、あ…」

身体の奥から湧き起こる熱に、苦しくて、立っていることもできない。

ずるずると崩れそうになる佑都を、藤崎はひょいと抱き上げてベッドまで運んだ。

ベッドに組み敷いて、キスをしながら手慣れた様子で佑都の当直着を脱がしていく。佑都は藤崎に触られるだけで次々と波が襲ってきて、抗《あらが》う余裕すらなくただただそれに呑み込まれるがままだ。

「可愛い顔するんだな…。やっぱオメガだな」

藤崎は佑都を見下ろすと、そう云って再度挑発するように唇を舐める。

佑都の全身が震えた。

喰われる…。

逃げなきゃ…、そう思うのだが、別の自分がそれを否定している。

今拒めばもう二度とこんなことは起こらないだろうと思ったのだ。

そう、もし明日、自分が事故に遭ったら、あのとき藤崎に抱かれておけばよかったと後悔するかもしれない。

さっきの事故で亡くなった人も、手術で一命を取りとめた人も、誰も事故の前までは自分がそんな目に遭うとは思っていなかっただろう。しかし明日の保証なんてものはないのだ。

藤崎の指が佑都の下半身を愛撫して、滴《したた》る奥に埋まった。

「な……！」

弾かれたように身体を捩《よじ》る。

そこは自分ですら弄《いじ》ったことがなかった。それだけに違和感は強かったが、藤崎の指がその中で蠢《うごめ》くと、たまらないほどの快感が襲ってきた。

ドアを隔てた向こうは廊下で同僚が行き来するし、そもそもここは病棟の一部で。そんなところでサカっているとか、自分でも何をしているんだと思うが、もうどうしようもなかった。

発情期でもないのに、そこはすっかり熟れていて、慣らそうとする藤崎の指を締め付けているのだ。

「すごい欲しそう」

藤崎が低く囁く。

一度も経験がないのに、確かに佑都のそこは藤崎を欲しがっていた。

何の心の準備もできてないのに、愛液が滴って、それを待ちわびている。佑都からは誘うようなあやしいフェロモンが解き放たれた。

藤崎の目が少し苦しそうに歪《ゆが》む。片目を僅かに閉じて自分の中の感情に抵抗してみたが、とても抗えずに佑都に襲いかかった。佑都のフェロモンにあてられて、藤崎はヒート状態に陥ったのだ。

こうなってしまうと、既に自分の意思ではどうにもならない。

佑都の膝を折って脚を大きく開かせると、猛《たけ》って反り返った自分のペニスを佑都のそこに押し当てた。

「や…め……」

さすがに、佑都も慌てて抵抗しようとしたが、身体に力が入らない。

しかも、あろうことかそこはひくひくと疼いて藤崎を誘っているのだ。

藤崎のものがぐいっと押し入ってくる。佑都は強い衝撃に声が抑えきれなくて、慌てて掌《てのひら》で口を塞いだ。

「あっ…」

な、なに…。

裂かれそうな痛みは一瞬で、擦《こす》られる快感がたまらなくて、腰が無意識に揺れてしまう。

やばい…。

自分のそこは、既にオスの受け入れ方を知っている。押し入ってくる藤崎のペニスにきゅうきゅうと絡みついているのだ。

擦られるところが、たまらなく気持ちいい。

こんなところが、こんなにも感じるなんて。

「いい…？」

そんなこと聞かれても、答えられるわけがない。

それなのに、佑都の中はしっかりと反応して藤崎のものをきつく締め付ける。

「…凄いな。あんたの中、吸い付いてくるみたいだ」

熱い息を漏らしながら囁かれる。

声を上げられなくて、熱が中に籠《こも》ったままなのが苦しい。

藤崎のペニスは、佑都の内壁を抉《えぐ》るように、深く浅く突き上げていく。

「あ、ああ…ん……」

掌から漏れる、甘えたような声が自分のものだとはとうてい思えない。

更に奥深く潜り込んできて、何度も打ち付けられる。

既に頭はスパークしてしまって、ただ声を漏らさないように必死になって口を塞ぐ。

「ああっ…！」

何度目かの大きな波がきて、佑都は藤崎を受け入れたまま絶頂を迎えた。

「くっ…」

絶頂と同時に佑都のそこはきつく藤崎を締め付けて、時間差で彼も射精した。

佑都は、すぐに意識は戻ったものの息は荒く半ば放心状態だ。

出口を失って身体の中で蠢いていた熱は少し落ち着いたが、それでもまだ完全には収まっていない。目が虚《うつ》ろで、頭もぼんやりしている。

そして藤崎もまた、自分の中の熱を持て余しているように見える。しかしそれでも佑都を解放した。

「…今日このまま外来ってことはないよな？」

「今聞くか…」

朝香は溜め息交じりに返した。

「確かに」

「…朝までだよ」

「よかった、俺もだ。じゃあ、送ってってやるよ」

「……」

「先に帰んなよ」

佑都はそれには答えなかった。

藤崎が出ていくのを黙って見送る。いったい何だったのか、それを深く考える前に猛烈な睡魔が襲ってくる。

「これなら二時間は寝られる」

時間を確認した直後の記憶はもうなかった。

アラームで飛び起きたときには、二時間がたっていた。

このまま二度寝したかったが、そういうわけにもいかずに起き上がった。

のろのろとシャワーを浴びて、髪を乾かしながらメールの確認をする。ニュースもチェックしてみると、いくつかの情報が更新されていた。

幸いにも死者数は増えず、救急搬送された人たちは全員一命を取りとめたようだった。どの現場でも必死の救命が行われたのだろう。

外科が人の命を救うというのは、こんなふうにわかりやすくていいなと少し思う。しかし自分のような一瞬の決断力に欠ける人間には、外科は向いてない。じっくり観察して、検査をして、その結果をこれまでの積み重ねたデータと照らし合わせて、よりよい医療を提供する。そういうのが自分には合ってると佑都は思う。

引き継ぎまでに少し時間があったので、昨夜の患者の様子を聞くためにＩＣＵを訪ねた。

彼らは、昨日の朝にはよもや自分がこんなことになるとは想像もしてなかっただろう。いつものように学校や会社に出かけて、今日もそれが続くだろうことを、ほぼ疑いもしてなかったはずだ。

そういう意味では、自分にも近いことが云えるのかもしれない。

昨日の当直が始まったときは、まさか自分が藤崎とあんな関係になるとは想像すらしてなかった。それなのに…。

今後、どんな顔をして彼に会えばいいのか。

軽く溜め息をついて、患者のデータを見る。

「さっき、藤崎先生も来られてました。術後も順調です」

藤崎の名前を聞くだけで、僅かに動揺してしまう。

「そう。よかった…」

看護師に礼を云って、ＩＣＵを出る。

まだ若いから回復も早いだろう。暫くはリハビリが必要で時間もかかるだろうが、順調にいけば大きな後遺症に悩まされるということもないだろう。

引き継ぎを終えて職員用出口から出ようとすると、藤崎が警備員と話をしているのが見えて思わず足を止めた。

「あ、出てきた」

佑都を見つけると、軽く手を振る。

「今話してたんだけど、俺がオペした患者が轢かれたとこ、ちょっと遠いけど防犯カメラにしっかり映ってたって」

「そうなんだ……」

「自販機があるあたりだったから、飲み物買おうとしたのかもな」

藤崎はそう云うと、佑都を駐車場に促す。

「なんで…」

「送るって約束したじゃん」

「…や、大丈夫」

藤崎はくすっと笑った。

「そっちのゲート、マスコミが待ち構えてるから、揉みくちゃにされるぞ」

「え……」

「いいから乗っていけよ」

そう云って、少し先に停まっているグレーのコンパクトカーを顎で指す。

警備員もにこにこと見守っていて、何となく断りにくくなってしまって、仕方なく彼についていくことになってしまった。

「でさ、さっきの続きだけど、俺の患者を轢いた車ってのが真っ赤なカイエン」

「え……」

「もちろん所有者は既にわかってて、なんとランボルギーニで事故ったヤツのお祖母ちゃんだって」

佑都は絶句した。

「孫が事故って病院に運ばれたって聞いて、慌てて駆け付けたんじゃないの。なんでそういうときに自分で運転するかね…」

「もしかしてまだ見つかってないの？」

「そうみたいね。俺が朝聞いた時点では、自宅には誰も帰ってないって。車の姿もなし。どこかに隠れてるのかもねー」

藤崎はドアロックを解除して車に乗り込む。

佑都は躊躇しないでもなかったが、駅前で落としてもらえばいいと思ってグレーのコンパクトカーのドアを開けた。

いつだったか美人皮膚科医を乗せていたことを思い出してしまう。あの彼女とはどうなっているんだろう、そんなことを考えてしまって、慌てて打ち消す。そんなこと自分に何の関係もない。

「どっか適当に、駅の近くとかで落としてくれたら…」

「あーはいはい」

藤崎は適当に返して、車を出した。

「…そういえば、腕繋がったらしいよ」

「へ……」

唐突に云われて、佑都は間抜けな声を上げてしまった。

「うちの移植チームが頑張ったらしい」

「あ、そうなんだ。凄いね」

「ま、下半身不随なら腕は揃ってた方がいいだろうね」

さらっと云う。それが無謀運転の代償なのだ。

メディアはとうぶんこの話題で持ちきりだろう。病院も暫くそれに巻き込まれることになるだろう。関係者のコメントをとろうと病棟に忍び込む記者やカメラマンに備えて、既に警備員の数を増やしている。まったく迷惑な話だ。

「…続報、出てる？」

藤崎に云われて、スマホで検索する。

「…ランボルギーニのヤツ、ワタリ不動産の会長の孫だって。名前は発表されてないけど、亡くなった同乗者の名前が出ちゃったもんだから、ＳＮＳで特定されてるよ」

「まあそうなるだろうな」

「轢き逃げのお祖母ちゃんの記事はまだ出てない」

「ふうん」

自分で聞いておいて、藤崎はさほど興味なさそうに返す。

そして信号待ちで停車すると、ちらと佑都を見た。

「ちょっと感じ変わった？」

不意に手が伸びて、長い指が佑都の前髪を跳ね上げる。

「な……」

慌てて佑都がその手を払う。が、藤崎は佑都から目を離さない。

ぞくんと、佑都の身体が震えた。数時間前の痴態を思い出してしまって、下半身が疼き始める。濡れてきたものが、動くと下肢を伝いそうだ。

「ね。わかりやすい」

満足そうに云って薄く笑うと、ブレーキから足を上げてゆっくりとアクセルを踏む。

「こんな時間からホテルってのもね。なんで、今日のところは俺んちで…」

「は…？」

「正直云って、喰い足りないっていうか。ほんとは朝まで喰い尽くしたかったたって云うか」

閉めきった狭い車内で、藤崎のフェロモンを感じた。

息苦しくて窓を開けようとしたが、運転席でロックされてしまっている。

「もうすぐ着くから…」

藤崎も、ふうっと熱い息を吐く。

やばい…、やばすぎる。わかってるんだけど…。

車が地下の駐車場に滑り込んだ。

メルセデスの隣に停めると、佑都を引き寄せて唇を貪った。

「や、あ…、……」

こんなとこで…、誰かに見られたら…、そんなことが頭を過《よぎ》るが、佑都は彼を振りほどけなかった。

「すごい…、やらしい匂いしてる…」

それはこっちの台詞だと思った。藤崎の方も噎《む》せるほどのオスの匂いで、佑都を煽《あお》っているのだ。

「さすがに、ここじゃやばいな」

唇を離すと、佑都から離れて車を降りる。

佑都が暫く動けずにいると、助手席側のドアが開いた。

「…立てる？」

藤崎が覗《のぞ》き込んで、手を差し出している。

「た、立てるよ」

女子じゃないんだから…、そう思って藤崎の手を無視して立ち上がろうとして、下半身に力が入らずに思わずしがみついてしまった。

「危なっかしいなあ」

藤崎は微笑むと、佑都に肩を貸してやる。

「じ、自分で歩ける……」

唇を尖《とが》らせる佑都に、藤崎は表情を崩した。

「可愛いな、おい」

「……」

「最初っから、このくらい可愛ければ、とっくに気づいてたのにな」

意味がわからずに、佑都の眉が僅かに寄る。気づいてた？　しかしすぐにオメガだったことにかと、理解した。

どうせ、アルファにとってはオメガの存在なんてその程度のことなのだ。ただのセックスの相手。飽きるまで貪って、飽きたら捨てる。

それだけならまだいい。中には独占欲が強くて自分だけのセックスの相手にしたくて番にしておいて、飽きたからと捨てるアルファだっている。番相手を失ったオメガがどうなるかなんて考えもしない。

藤崎だって、そうならないとは限らない。

「やっぱ、帰る……」

エレベーターが目的の階に止まって、佑都は藤崎から離れた。

藤崎は微笑を浮かべたまま、少し冷たい目になる。

「…ここまで来て、なに云ってんの」

それは確かにそうなんだけど…。

「逃がすかよ」

おもしろがるような声で囁くと、佑都を担ぎ上げた。

「ちょ……」

「やらしい匂いぷんぷんさせて、説得力ないから」

「やめ……」

藤崎は佑都の抵抗を無視して、自分の部屋の扉を開けた。

玄関で彼を下ろすと、屈みこんでキスをした。

唇を強く吸い上げて、乱暴に舌をからませる。

「…やめる？」

佑都は力なく睨み付けた。火を点けておいてそういうことを云うとは。

「…可愛いな」

キスをしながら、あっという間に佑都のシャツを脱がしてしまう。

佑都のフェロモンに薄く目を閉じると、自分のシャツのボタンを半分くらいまで外して、襟の後ろを引き上げて一気にシャツを脱いだ。

見事に引き締まった筋肉質の裸体に、佑都は釘付《くぎづ》けになった。

長時間のオペに備えて、身体を鍛えるのが一部の外科医の間で流行《はや》っているのは聞いていたが、テニスプレイヤーのような筋肉だった。

長身で細身で肩幅がしっかりあるだけで、たいてい何を着ても映える。

院内では医療用ガウンを着ていることが多いが、ケーシーを着ていることもあって、どっちもカッコいい。

あまりにもじっと見ていたせいで、藤崎に気づかれてしまった。

「なに？」

佑都はばつが悪そうに目を逸らす。

「やらしい目で見てたくせに…」

再び佑都に跨ると、彼の手をとって自分の腹筋に触らせた。

途端に、佑都のフェロモンが濃くなる。

「…いいね。こっちも、触ってみて…」

佑都の手を自分のペニスに誘導する。勃起《ぼっき》したそれを握らせた。

「もしかして初めてだった？」

あまりにもぎこちない反応に、藤崎は躊躇《ためら》いがちに聞いた。佑都は答えられなかった。

「…ほんとに？」

「わ、悪かったな」

佑都はつい顔を背けてしまう。それを見た藤崎の唇が満足そうに綻《ほころ》んだ。

「ぜんぜん悪くない。やっぱ、そうだったんだ」

勝手に納得して、佑都の乳首を舐め始める。

「あ……」

奥がじわりと濡れてくる。

藤崎の手が佑都の下着の中に入り込んで来て、長い指がペニスにからむ。

声が抑えきれなくて、両手で口を覆う。

「声、抑えなくていいから」

藤崎はふっと笑うと、下着を膝まで押し下げて、脚を大きく開かせた。

そして、反り返った佑都のペニスを掴むとその先端に舌を押し当てた。

「わ、ちょ……！」

佑都は慌てて藤崎を押し退けようとするが、勃起したペニスを唇で締め付けられて、背をのけ反らせてしまう。

「ま、待っ、…あ、ああっ…！」

濡れた口の中に出し入れされて、佑都は頭がおかしくなりそうだった。

喉元で締め付けられて、今にも射精しそうだ。

「や、ふじっ、さき……。あ…」

気持ちよくて、恥ずかしくて、佑都はどうしたらいいのかわからない。

しかしそれも長くはもたずに、強い射精感が襲ってきて、藤崎の肩を強く押し退けた。

「は、なして…。で、る……」

何とか解放されて、佑都は自分の手で射精を受け止めた。

「すっごい、エロい……」

藤崎は舌先で唇を拭うと、ティッシュケースを佑都に投げてやる。

手を拭い終わった佑都に膝を立てさせ、お尻を突き出させた。射精しても、佑都からはさっきよりも濃いフェロモンが溢れているのだ。

開いた双丘の中はほんのりと赤く熟れているのがわかる。

藤崎は唾液で濡らした指を入れた。思ったとおり、そこは潤滑油の必要がないくらいにしっとりと濡れていた。

指で奥を愛撫すると、中は待ち焦がれたように締め付けてくる。

藤崎は自分のペニスを扱《しご》くと、双丘に擦り付けた。

「滴ってるね…」

ぐいぐいと押し付けるものの、中には入れず、腰を両手で愛撫してやる。

「ふ、ふじ…さき……」

ねだるように、佑都が腰を捩った。

「欲しい？」

身体はあの快感を覚えている。抵抗するのは無理だった。

佑都はぎゅっと目を閉じると、小さく頷いた。首の後ろまで赤く染まっている。

藤崎は唇で微笑すると、先端を当てる。佑都の入り口は恥ずかしいほどひくついている。

「は、や……く…」

焦《じ》らされて、佑都はたまらない。

すぐに、藤崎の逞《たくま》しいもので奥まで突かれた。

「あ……っ…んんっ」

必死で声を堪《こら》える。その手を、藤崎が剥《は》がす。

「声、聞かせろよ」

掠《かす》れた声で囁く。

「あんたの中、すっげ、いい……。あんたも俺のが欲しくてたまらないんだろ?」

藤崎は荒い息を吐いて、少し乱暴に佑都を突き上げる。

「ああっ…!」

抉るように中を擦られて、佑都は堪えられなくなって濡れた声を上げ続けた。

藤崎も、佑都の狭い中が緩んだり締め付けたり絶妙のタイミングで蠢くのに、何度も持っていかれそうになって、唇を噛んで堪えていた。

「…たまんね……」

舌をぺろりと舐めて、熱い息を吐く。

男とやるのもオメガとやるのも初めてではないが、佑都とのセックスはそのどれとも違う。

堪え切れずに、埋めたまま射精した。

「ふう……」

引き抜いて、ゴムを外す。

佑都もまたシーツを濡らしたようだ。シーツに突っ伏して、荒い息を吐いている。

それが可愛くて、またムラムラしてくる。

「な、に……」

横抱きにして、うなじを舐め上げながら、乳首を弄ってやる。

「あ…ン…」

嫌がる気配がないので、藤崎は彼の片脚を持ち上げて、少しも硬度を失う気配のない自分のものを潜り込ませた。

「や……っ…」

僅かに抵抗してみせたが、奥まで入り込んでくると身体はきゅうっと締め付けてくる。

さっきより深いとこまで届いて、藤崎は佑都の弱いところを探すように角度を変えて突いてやる。

「あ、だ、だめ……」

悦《い》いところを突かれると、佑都は耐え切れずに首を振ってしまう。

「ダメなの？　やめる？」

「や、やめちゃ…だ、め……」

佑都は既に自分が何を云ってるのかわかってない。

ただ欲望に従順なオメガでしかない。欲しがって、アルファの性を欲しがって、はしたなくねだってしまう。

押し寄せる波に溺れてしまいそうで、そこにいる藤崎にしがみつく以外、あとは何も考えられなかった。


「起きられるか？　腹減ってない？」

佑都は状況が今ひとつ把握できないまま、ぼんやりとした顔で藤崎を見る。

「…減ってる」

「メシ作ったから、シャワー浴びて来いよ」

「…作った？」

そういえば、冷凍食品を解凍させたり買ってきた惣菜を皿に盛っただけのことを、妹はご飯作ったと表現していたなとぼんやりと思い出す。

「タオルと着替え、出してあるから」

云われるままに、シャワーを浴びる。

全面ガラス張りのバスルーム…とかではなく、ごく一般的な仕様にほっとする。

さっき確認したところ、時間は午後三時を少し回っていた。さんざん喘《あえ》がされて貪られて、いつごろ寝たのかすら覚えていない。

用意してくれたTシャツは、タイトなデザインにもかかわらずぶかぶかでお尻が隠れるほどだったし、七分丈のパンツもくるぶしまできている。下着は伸び縮みするフリーサイズだったが、それでも収まりが悪い。

昨日自分が着ていた服はどこにいったのだろうか。

「今、洗濯機回してる。メシ食ってるうちに乾くだろ」

藤崎は、自分の服を着た佑都を見て笑いを噛み殺している。

「彼シャツ？」

佑都は露骨に眉を寄せる。

不意に藤崎の手が伸びて、濡れた前髪を掻き上げた。

「な……」

「やっぱ、印象が濃くなってる。なーんか、不思議」

何を云ってるのかよくわからない。それよりもすごくいい匂いがしてきて、そちらに気を取

られてしまう。

「美味しそう……」

色とりどりの野菜と鶏肉が耐熱皿に入ったまま、テーブルの中央に置かれた。

「オーブンで焼いただけだよ。簡単だけどけっこううまい」

その隣には、カットしたバゲットを盛った皿が置かれている。

佑都は差し出されたペットボトルのミネラルウォーターを一気に飲んで、席に着いた。

「で、シャンパンも」

飲みながら料理していたのか、既に栓を抜いたシャンパンがアイスクーラーに入っていて、藤崎は佑都の分もグラスに注いだ。

細かい泡が弾けてキラキラしている。

「い、いただきます」

佑都は少し飲んでみた。シャンパンなどふだんは滅多に飲まない。というか、佑都がこれまで飲んだことがあるのはただのスパークリングワインであって、シャンパンではない。

「あ、美味しい……」

軽くて口当たりがいい。

料理も美味しくて、空腹だった佑都はがつがつ食べてしまう。

シンプルで簡単な料理だが、おそらく素材がいいのだろう。佑都がふだん使っている材料とはまるで違う。

「…藤崎って料理するんだ…」

「今日のは切って焼いただけだけどな。時間があるときはすげー凝ったの作ったりする。いい気分転換になるし」

外科医は指先が器用だから包丁の扱いもうまそうだ。きっとこれまでの彼女たちも、こんなふうに手料理でもてなしたのだろうといらないことを考えて、少し凹んだ。

藤崎はこういうことは慣れているようだが、佑都はもちろん初めてのことで、まるで現実味がない。

「腹がいっぱいになったら、またやろうぜ？」

ニヤニヤ笑いながら云うと、シャンパンをくいっと飲む。

「は…？」

「あんな何回もやったの初めてだよ。発情期って凄いよねえ」

しみじみ云われて、佑都はパンを喉に詰めそうになった。

「ち、違うから。発情期じゃないし」

慌てて水を飲んで、訂正する。そうなのだ。今朝も当直室で検査キットで尿と血液の検査をしたが、数値はずっと変化がなく、発情期どころか発情期前ですらないことを示していた。

「どういうこと？　それは発情期じゃなくても発情してるってこと？」

それは自分が聞きたい、と佑都は思った。

「…よくわからない。こんなことになったことないから」

「そうなの？」

「主治医に聞いてみないと…」

「ふうん？」

藤崎は腑に落ちないと云った顔だったが、佑都はもっと腑に落ちなかった。

そもそも周期を考えてもまだ発情期にはならないはずで。ていうか、ピルを飲み続けているから発情期にだって発情はしないはずで。

それに自分がおかしくなったのは、藤崎が妙なフェロモン出してることが原因じゃないかと思ったが、さすがにそれは云えない。

「ま、いっか。発情期じゃないならデキちゃう心配もないしね」

藤崎は無神経なことを云って、空になったグラスにシャンパンを注ぎ足した。

「飲む？」

佑都は首を振って断った。藤崎の言葉が引っ掛からないでもなかったが、今は聞き流すことにする。

「そういえばさ、カイエンお祖母ちゃん、弁護士引き連れて出頭したらしい」

「あー、そうなんだ」

「杉原先生が警察から連絡受けたんだって」

「観念したみたい？」

「いや、自分はブレーキ踏んだのにきかなかったとか、相手がいきなり飛び出してきたとか主張してるらしい。もしかしたら俺も説明のために検察に呼ばれるかもって」

「うわー、それは…」

「めんどくせえ…。往生際が悪いというか」

「藤崎がオペしなかったら、死なせてたかもしれないのに」

その言葉に、藤崎はじっと佑都を見る。佑都は沈黙から逃れるように続けた。

「…よく決断したよな。失敗するかもって思わなかった？」

「思ってたらやるなんて云わない。助言もらえなくてもやれる自信はあった。助手で入ったオペの内容は全部頭に入ってるから」

佑都はその強い自信に息を呑む。

「まあ、不安がなかったわけではないけどね」

それでもやると云った藤崎の勇気に敬服した。

「…あんた、凄いよ」

佑都はしみじみと返した。

「あんたの勇気が人の命を救ったんだ」

それに藤崎の目が一瞬見開かれた。

「…なんか今、急に実感した。そっか、そうだよな」

ふふと笑いながら、頷く。

「嬉しいね、そう云ってもらえると」

素直に喜びを噛みしめている。そんな藤崎が少し意外で、急に彼が近くなったような気がして、胸がきゅんきゅんしてきた。

そのせいで、また少し身体が火照《ほて》って、フェロモンが溢れる。

「お？　惚れ直した？」

匂いに気づいた藤崎は、すんっと匂いを嗅ぐと、にやっと笑ってグラスを置いた。

「んじゃ、またヤっちゃう？」

「ちょ……」

佑都の手をとってリビングまで連れて行く。

ソファに座ると、戸惑う佑都の腕を引いて口づけた。

佑都の唇が濡れる。唾液が糸を引いて、たまらなく淫靡《いんび》だ。

「あーあ、濡れたやばい匂いしてる…」

膝の上に座らせると、耳に舌を入れて舐《な》め回す。

眩暈がするほどの快感に、佑都は思わずきつく目を閉じた。

「ほんとに、これで発情してないの？」

そう云われても仕方ない。佑都は簡単に火を点けられて、身体中が火照ってしまっている。

あんなに何度もイかされたのに、まだ欲しがってしまうなんて。

自分はどうなってしまうのか、凄く不安で…。けどそれも長くは考えていられなかった。


「あれ、どっかで見た顔だな」

ＩＣＵを出た廊下で、前田から声をかけられた。

「あ、お疲れさまです」

あの事故から既に十日たっていて殆どの患者は一般病室に移されていたが、前田が執刀した患者はまだＩＣＵ管理中だった。

「髪切って可愛くなったたって、一部で話題の朝香くんじゃないか」

「…なんですか、それ」

思わず苦笑する。

少し前に、藤崎の行きつけの美容院に強引に連れて行かれて、中途半端に伸びていた髪をすっきりとカットされてしまったのだ。

その翌日はナースたちから可愛いだのイケてるだの、大したことないだの、好き勝手云われて居心地が悪かったが、いつものように特に反応もせずにいたら、そのうち云われなくなったのだが。

「ふーん。なるほどー」

まじまじと佑都を見ると、くすっと笑った。

「アルファに喰われちゃった？」

不意打ちに、佑都の顔がみるみる赤くなる。

「おー、当たりかあ。なーんだ、藤崎の奴、しっかり喰ってんじゃん」

固まる佑都に、前田は更に距離を詰めてくる。

「ときどきいるんだよね、きみみたいにいきなり変わる子が。みんな髪型にごまかされてるけど、印象自体が変わっちゃってんだよね。けどそういうのに目敏《めざと》いアルファもいるから気を付けなよ」

何の話かよくわからず、佑都は困惑したように前田を見る。視線が合って、前田はにっこりと微笑んだ。

「俺、二股でも気にしないから。いつでも相手になるよ？」

低い声が耳をくすぐる。うっすらと体臭も感じた。が、それだけだった。藤崎のときのように身体が熱くなったりはしなかった。

「ライン、交換しとかない？」

囁いてスマホを出した前田の視線が、佑都の後ろに注がれた。

「わ、ダンナきちゃったよ」

なんのこと？　佑都が振り返ると藤崎がつかつかと寄ってきた。

「…なにやってんですか？」

じろりと前田を睨み付ける。

「うわ、こわっ」

前田は楽しそうに怖がってみせる。

「ライン交換してただけよ？　藤崎も交換しとく？」

「そうやってナンパしてんですか」

藤崎の遠慮のない返答に、佑都の方が焦った。

「ちょ、藤崎、失礼だろ」

前田は自分たちより十年以上先輩で、小児科にも評判が漏れ聞こえてくるほど優秀な医師でもある。いくら前田がフレンドリーだったとしても、調子にのってはいけないと佑都は思っている。

「ほんと言葉が過ぎるぞ」

佑都に窘《たしな》められて、藤崎は不満そうに何か云いたそうな顔をしていて、それを前田は楽しそうに見ている。

「あー、いいのいいの、俺そういうの気にしないから」

前田は笑って返す。藤崎に代わってぺこぺこと頭を下げている佑都スマホが鳴った。

「はい、朝香」

素早く出る。そして二人に軽く手を挙げると、廊下を走っていってしまった。

「ははは、叱られたー」

「…あんたね」

「怒るとますます可愛いね、彼」

前田がニヤニヤしながら藤崎を焚《た》き付ける。

「朝香くん、いろいろ大変そうだね。小児科医になったの、奨学金がらみだって。別の科にいくと奨学金全額返済しなきゃならないとか何とか…」

藤崎の眉が露骨に寄った。

「…よく知ってますね」

「綾瀬が教えてくれた。綾瀬も奨学金仲間らしくてさー。えらいよね、そういう人たち」

「……」

「きみなんか、お金の苦労したことないでしょ」

「ありませんけど、何か？」

藤崎は開き直って返す。

「いや、俺もだし」

前田がにこっと笑う。

「せいぜい贅沢《ぜいたく》させてあげなよ。美味しいもの食べさせてさ。服も見立ててあげて…。せっかくいい素材なのにまったくそういうの構わないタイプだよね、彼」

「…そんなの、先生に関係ないでしょ」

前田は不快そうな藤崎の反応が楽しくて仕方ないらしい。

「けど、朝香クン、小児科合ってるよね。小児ＩＣＵで患児診て回ってたとき、すっごい優しい目しててさ」

「…覗きですか」

「そういう人聞きの悪いこと…」

「覗いてたんですね。ＩＣＵ部長に報告しときます」

「やめてー、あいつ冗談通じない奴だから」

そう云ってはいるが、前田はまるで気にしたふうはない。そして藤崎の肩に手をかけると、低く囁いた。

「発情期きたら、俺にも貸して？」

本気なのか冗談なのか判断のつかない顔で、笑う。

藤崎はそれには取り合わなかったが、前田が自分の知らない朝香のことを知っているのが気に入らない。

朝香が小児科医になったのが奨学金のせいだという話は初めて聞いた。実家が貧乏というのは本人から一度聞いたが、それきりになっていた。

自分が知らない朝香のことを、他の誰かが知っているのはおもしろくない。

そもそも、朝香は自分の話は滅多にしないし、たぶんしたくないのだろうとも思っていた。

なので、気になるからと云って自分から聞くことはない。それなのに他の人間が知ってるのは苛つくし、それを他の人間から聞くのはもっと不愉快だった。

藤崎はその後も当たり前のように佑都を誘った。

佑都は誘われるたびに戸惑ったが、それでも彼から誘われると断れない。

藤崎からのラインは、業務連絡のように場所と日時を送ってくるだけだが、佑都はその都度悩みながらも、結果的に誘いにのってしまう。

どうせ向こうは遊びなんだからと、いちいち自分自身に確認しながらも、どんどん深みに嵌《はま》っていく自覚はあった。

そのことと関係があるのかないのか、これまで院内のアルファから興味を持たれたことがないのに、既に何人かのアルファに声をかけられたのだ。

たぶん前田が誰かに教えたのだろう。悪趣味な彼らしい。そしてこういうことは一部のアルファの中では広まりやすい。

佑都は、彼らがただ医師のオメガがいるというだけで物珍しがって声をかけてくるのはわかっていた。そんなことに付き合う気はなかったが、これまでどおりにアルファから何かを感じることはないことが再確認できた。

藤崎だけなのだ、今のところ。

しかしそれがわかったところで、何も変わらない。

その日も入院患者の受診が終わってナースステーションに戻ってカルテのチェックをしていたが、さっきから看護師たちが騒がしい。いつもはさして気にも留めないところだが、藤崎の名前が聞こえてきて、つい神経がそっちにいってしまった。

「藤崎先生と北村《きたむら》先生の噂、聞いた？」

「聞いたっていうか、一緒に帰るとこ見たよ」

「うわー、やっぱりか」

佑都は動揺して、カルテを落としそうになった。

藤崎がちょいちょい女性医師やら看護師やらをお持ち帰りしてるらしい噂は以前からあったが、少なくとも病院内で藤崎がそういうことを匂わせるような行動をとることはなかった。それが看護師たちによれば、北村とは周囲にも付き合っているのがわかるような振る舞いで、隠す気はまったくなさそうなのだ。

「ランチも一緒だもんね…」

「昨日なんて、皮膚科のユリカ姫と食堂でバッティングしちゃって。ユリカ姫が眉ぴくぴくさせながら二人に挨拶したとかいう目撃情報も…」

佑都は、駐車場で見た皮膚科医のことを思い出す。

「ユリカ姫、藤崎先生は脈なしだから既に乗り換えてるって聞いたけど」

「さすが、見極めが早い」

「それでも自分より十歳も年上に持ってかれたと思うと、穏やかじゃないでしょ」

「北村先生バツイチだったよね」

「バツイチでアラフォーでも、美人だよねえ。とびきり優秀だし」

「けど、めちゃめちゃきついじゃん。ああいうのがタイプなのかあ」

北村は消化器外科医の次期エースとも云われている。ニューヨークの病院で相当数のオペを経験してきていて、積極的にレジデントの面倒も見ている。ただ、能力がない相手にはいたって冷淡なので、怖がられてはいるようだ。

「ま、やっぱりアルファはアルファ同士よねえ」

その言葉に、マウスを握っていた佑都の手がぴくっと震えた。

彼女らの話が気にならないはずがない。そんな相手がいたなんて…。

それなのに何故藤崎は自分を誘うのだろう。

あれ以来、藤崎のマンションを訪れることはなく、二人で会うのは藤崎が会員になっている四つ星ホテルと決まっている。

藤崎が予約を入れて、ホテルのロビーで待ち合わせる。部屋に入るのは別々だ。ルームサービスを二人で食べることもあるが、やることをやったら藤崎は翌日も仕事があるから先に帰ってしまう。

世間的にはこういうのはやはりセフレというのではないかと、今更のように思う。つまり都合のいいセックスだけの相手だ。

しかしそれも仕方ない。自分が藤崎の誘いを断れるはずがないのだから。

藤崎は佑都が唯一興味を持った相手で、ずっと忘れられなくて。その男と一人の人間の命を救う場に立ち会ってしまったのだ。

自信とか、決断力とか、勇気とか。自分にはないと思っているものを藤崎はすべて持ち合わせていた。あんな姿を見せられて、好きにならずにいられるわけがない。

最初に抱かれたときに、自分の中の何かが大きく変化したような気がした。

自分がオメガだったことの意味を、初めて感じたのだ。

何か、カチリと嵌った。それはたぶん気のせいなのだろうけど、そう感じた瞬間が確かにあった。

彼が自分の相手なんだと、漠然と思ったのだ。つまり、番とかそういう。

…まあ、勘違いだったわけだが。

というか、恋してる側はそう感じるわけだ。彼こそが自分の運命の相手だと感じる。それは何もオメガに限らない。その直感で結婚して数年後離婚するなんて、よくある話だ。

だから、佑都は誰にも云わなかった。

ただ、自分だけが強烈に藤崎に惹かれている。

そんな自分が、藤崎と過ごせる時間を拒むことなどできるわけがない。

「まあ、藤崎先生が結婚してなかったことが不思議なくらいだったから、今更だよね」

「どうせ男はみんな面食いよねー」

溜め息交じりの看護師の声が響き渡る。そこに綾瀬が入ってきた。

「ちょーっと、声大きいかなあ」

いつものように笑いながら看護師たちを見回す。

「雑談もいいけど、外には聞こえないようにね」

やんわりと注意されて、看護師たちは慌てて仕事に戻った。

「朝香ちゃん、論文読んだよ」

そう云って佑都の隣に並ぶ。

「あ、どうも…」

「それなんだけど、昨日診た俺の患者も該当してんじゃないかと思うんだけど…」

検査の結果を佑都に見せる。これまで佑都が彼に相談することはあったが、綾瀬から相談されたのは初めてだった。

「あ、はい」

しゃんと背筋を伸ばすと、藤崎のことを頭から追い出した。

綾瀬から問診の結果を聞きながら、検査画像を注視する。

「…気になりますね。これ、思ってたより該当する患者多いのかも」

「俺もそう思うんだよね。従来の処方で経過が芳《かんば》しくない子は疑ってみた方がいいんじゃないかと思って」

「それ実は論文書いてるときにも考えてました」

「今週のカンファで提案してみたら？」

「え、カンファで……」

論文はこれまでも書いてはいたが、カンファレンスでは聞かれたことを答えることはあっても、自分から積極的に提案したことはない。そもそも人前で発表するのはあまり得意ではなかったのだが、だからといっていつまでも逃げているわけにはいかない。

「根岸さんに相談してみ？」

「そうします」

綾瀬にお礼を云って根岸を探していると、廊下で研修医が数人溜まっていた。

藤崎の緊急オペのときに手伝ってくれた二人もその中にいる。彼らは先週から小児科を回っていて、根岸が担当しているのだ。

「根岸さん見なかった？」

「今、部長に呼ばれたとかで、僕らもここで待ってるんです」

「あ、そうなの…」

どうしようかなと思っていると、例の二人が佑都の傍に寄ってきた。

「藤崎先生、ご結婚されるみたいですね」

「え……」

「あれ、朝香先生もご存じなかった？」

こそこそと耳打ちされる。

「あ、もちろんご本人から聞いたわけじゃないよ。実は姉が藤崎病院の精神科にいて。先週藤崎先生と北村先生が院長室に入っていくのを見たって人が何人もいて、騒然となってるって教えてくれたんです。うちでもお二人が急接近って噂になってるから…」

「院長に紹介するってことは、もう結婚待ったなしじゃないかって」

「こう云っちゃアレですが、北村先生もそんな若くないし。善は急げって感じでしょうか」

佑都が何も反応しないので、二人は自分たちが咎《とが》められていると理解したらしかった。

「…えっと、あのすみません…」

「…すみませんでした」

佑都は曖昧に頷きながら、根岸に用があったことも忘れて、そのまま医局に戻った。

反応しなかったのは、単にショックを受けたからに過ぎない。

結婚…。早くもそんな話になってるなんて。

喉が痙攣《けいれん》して締め付けられるような錯覚に陥って、慌てて深呼吸する。冷や汗で掌がぐっしょり濡れている。

落ち着け。落ち着け。

絶望なんて慣れている。

まだ小さかったとき、熱を出して意識が朦朧《もうろう》としてきても家の中には誰もいなかったあの日。

父親から捨てられたあの日。母の借金を取り立てるために知らない男がアパートを訪れたあの日。自殺未遂の母が最初に救急搬送されたあの日…。

何度絶望してきただろうか。

それから思えば、失恋なんてなんてことない。明日の生活にだって困らないし、仕事はこれまでどおり。

それなのに、これまでのどの絶望よりも胸が痛い。

佑都は自分で否定しながら、いつか藤崎と自分の人生が交差するそのときを夢見て生きてきたのだ。十年以上必死で生きてきたときの心の支えだった。

そしてそれは夢だからこそ安心できた。決して裏切られることはないから、安心して支えにできた。

しかし、それが現実になってしまった。今の関係が破綻したあとは、何を支えにすればいいのだろうか。

佑都は、藤崎と過ごすことで、孤独の本当の意味を知ってしまったのだ。

ドラッグによる快楽を知らない人は、薬がなくてもなんの支障もない。しかし一度知ってしまったことで、薬以上の快楽が見つからなくて一生抜けられなくなると云う。それと似ているんじゃないかと思う。

どうせ遊びなのだとずっと云い聞かせてきた。藤崎が自分を選ぶ可能性など、考えたことはない。

それがわかった上で、藤崎に抱かれたのだ。

藤崎がもう二度と自分を抱かなくなる日がきたときに、自分はどうするのだろうか。

ふと、母のことが蘇ってくる。

母は佑都の遺伝子上の父親であるアルファと恋に落ちて、佑都を身ごもった。

その男には既に妻子がいたが、二人の子どもはどちらもベータだった。

男は産まれた子がアルファの男子なら、妻とは別れて母と再婚すると云ったらしい。そんな戯言《たわごと》を母は信じて佑都を産んだ。が、産まれた子どもは自分と同じオメガだった。

五歳のときのオメガ検査でそれがわかった時点で、彼女は佑都に関心をなくしてしまった。

母のその男に対する執着は凄まじく、その後もずっと関係を続けていた。

彼女は夫を裏切り続け挙句離婚された。そしてあろうことか、離婚直後にもう一度その男の子どもを産みたいと繭子を身ごもったのだ。今度こそアルファなら、男が自分の手に入るとでも思ったのだろうか。

しかし繭子はアルファでもオメガでもなかった。

母も憐れだが、佑都は遺伝子上の父に憤りを感じていた。

彼は妻子を裏切り、愛人である母も裏切っているのだ。そして母はそんな父を許し続け、そんな男と一緒に暮らすことに夢を見続けたのだ。

母はその後もいろんな男と関係を持ったが、本当に愛したのはその男だけだった。

母の言動の端々から、その男が医師らしいことがわかったが、最後まで男の名前を明かすことはなかった。生活が苦しいときに、養育費くらい払ってもらえと喧嘩になったことがあったが、母は迷惑はかけたくないからとあくまでも拒否した。

佑都が医大に合格したときに、それまで殆ど息子のことなど関心がなかったくせに、どこか誇らしげに云ったのだ。

「やっぱりあの人の子なのね。優秀な遺伝子を受け継げたことを感謝しなきゃ」

それを聞いたとき、佑都は吐きそうになった。

合格は自分の血のにじむような努力の結晶であって、遺伝子のおかげじゃない。現実から目を背けるのもたいがいにしてくれ。妹の世話から家事まですべてを押し付けた母親とやらが云う言葉か。そう云い返そうとして、佑都はやめた。激情にかられて声を上げるに値しない相手だと思ったからだ。

一人のアルファに囚われ、翻弄されるだけの人生だったのだ。

しかしもし自分が同じ立場に立たされたらどうするだろうか。

藤崎から結婚したあとでも関係を続けたいと云われたら、拒絶できるだろうか。

「なにバカなことを…」

母の人生を惨めだと思うのなら、自分はその轍《てつ》を踏んではならない。

彼女のような生き方だけはしたくなかったのだ。

朝早くに、佑都は一人の患者を見送った。

生後半年で発症してから大半の時間を病室で過ごし、何度も手術をして、五歳を迎えることなく逝ってしまった。

前向きで頑張り屋な子で、家族も一丸となって支えていたが、それでも今の医学では彼を救うことはできなかった。

肩を震わせる両親たちにおくやみを云って病室を出る。

病室では医療者は泣いてはいけない、それは佑都が肝に銘じていることだ。あの場で泣くのは家族だけの特権だ。

それでもやりきれなくて、外の空気を吸いに中庭に出た。あの子も体調のいいときはこの中庭でよく散歩をしていて、いつだったかに何かの種を植えたと教えてくれた。しかし花が咲くのを見ることなく、逝ってしまったのだ。

「朝香先生？　こちらにいらしたんですか」

振り返ると、今村多恵子の母親だった。

「今看護師さんから聞いて、探していたんです」

佑都は少し身構えた。またクレームに違いないからだ。

「はっきり申し上げます。今の治療は中止して元に戻してください」

母親は怒りの籠った目で佑都を睨み付ける。

こういう展開は予想できなかったわけではない。夫に説得されて治療の変更を受け入れたものの、内心は納得していないのだ。歳《とし》の離れた夫に云い返せない不満を、佑都にぶつけてくる。まだ若いからと舐めているのだ。

「最初にお話ししたとおり、この薬は始めたらすぐにやめることはできないんです。今は容体も安定しています。もう暫く様子を見させてください」

「お断りします。ほんとに、勝手なことばかりして！」

憤慨して、佑都に食ってかかる。

投薬時は抵抗力が下がるために弊害が出ることもあると伝えている。つまり想定内のことなのだが、母親はそれを理解しようとしないのだ。

「すぐにやめてと云ってるんです」

「今やめたら、ダメージはもっと大きくなります」

「そんな脅しにはのりませんよ」

「脅しではなく、メーカーからの報告で…。このことは事前に説明しています。ですから…」

「そんな説明聞いてません」

あんなに時間をかけて説明して、そのための資料まで作ったのに。そして納得してサインをしたのは貴方ですよと、云いたかった。

「この治療は三週間でワンクールなんです。それを途中でやめると最悪後遺症が残ることもあります」

「そ、そんな……！　そんな説明は……」

「しましたし、ご主人がその書類にサインもされています。写しをお渡ししているので確認してください」

つい云ってしまった。感情的になっている相手に正論で返すのは悪手だとわかっていながら、どうしても抑えることができなかった。

今トライしている治療に必要な薬を、研究費でカバーできるように佑都がどれほど骨を折ったのか、彼女が知る由もない。保険ではまだカバーされていない薬はワンクールで何十万とかかるのだ。

それでも彼女のケースには大いに期待が持てる、打つ価値は充分にある。そのことは何度も説明して、それで父親が承諾したのだ。

「だから、そんな説明は聞いてないと！　論文だなんだと、娘を利用ばかりして。いいかげんにしてちょうだい！」

いいかげんにしてほしいのはこっちだと、佑都は内心溜め息をつく。

今朝方亡くなった子の家族も、開発中の薬を心待ちにしていた。治験が始まったら是非自分も参加したいと。それが間に合っていれば五歳の誕生日が迎えられたかもしれない。そしてそうやって命を延ばしているうちに、更に画期的な新薬が開発されることだってある。

間に合わなかったあの子のことを思うと、佑都はどうしても今村に対して優しい気持ちにはなれなかった。

「サインされてるんですよ。こちらはそれを前提にこの投与を開始したんです」

冷たく返してしまう。それは佑都が思った以上に冷淡に響いたらしく、母親は自分が責められたと感じたようだ。

「あ、あれは、貴方たちが一方的にまくしたてて主人を誘導しただけでしょう」

「そう仰《おっしゃ》るなら、ご主人ときちんと話し合ってください」

だんだん面倒になってきて、佑都は投げやりに返した。自分でも未熟だと思うが、このときはもうこれ以上彼女と会話したくなかったのだ。

「わ、私はあの子の母親です！　よくそんな失礼な云い方…」

夫に云い返せないことを指摘されて、今村は憤慨する。

「これだから、経験のない医者は…！　もういいです。他の先生にお願いしてきます」

母親は怒って行ってしまった。

ああ、またやってしまったと溜め息をついていると、背後から声をかけられた。

「…保護者の相手はたいへんだな」

「聞いてたのか」

「大きな声だったからな」

きっと冷たいヤツだとか、要領が悪いとか思われたのだろうなと、やりきれない気持ちになった。が、藤崎は少しおどけたように肩を竦めた。

「ああいうときは、大丈夫です、私を信じてください！　とか。お子さんはきっと頑張り抜きますよ、お母さんも応援してあげてください！　とか。情に訴えた方がいいんじゃね？」

芝居がかったふうに云って、笑ってみせる。

「…そうかな。けど、そういうの苦手でさ。なんか胡散臭くて」

情けない顔で返すと、藤崎はふっと笑った。

「朝香らしいな」

「どうせ向いてないって思ってるんだろう。自分でもそう思ってるから」

自虐的に返す佑都に、藤崎は思わぬ言葉を返す。

「そんなことないだろ。けっこう向いてると思うけど」

「え……」

予想外の言葉に、佑都はつい藤崎を見上げた。

「モンペ傾向の保護者への対応はともかく、患児のこと一番に考えてる時点で向いてないなんてことはないと思うぞ」

「……」

「綾瀬さんが云ってたよ。淡々としているように見えて、患者にとってマイナスだと思ったら相手が誰でもきっぱり反論するし、ときには上級医にだって意見するって」

「それは…誰でもそうなんじゃ…」

「でもないよ。それに、子どものこと一番に考えてなきゃあんな顔できないって」

「あんな顔？」

オウム返ししてしまう。藤崎が意図することがわからなかったからだ。

「あんた、自分がどんな顔で患者を見てるか気づいてないの？」

「……」

どんな顔と云われても自分では意識したこともない。

「…そうだなあ。喩《たと》えるなら、聖母みたい？」

「は？」

佑都の顔はみるみる真っ赤になった。

「照れてるー。可愛いとこあるじゃん」

「照れてない。気持ち悪いこと云うから…」

「いや、ほんとよ？　前田先生も云ってたし」

「前田先生？」

「いや、それはいいんだけど。慈悲深い、めちゃ優しそうな顔してるぞ？」

「……」

「それが保護者がくると、こう眉間に皺が寄って…」

指摘されて、佑都は思わず自分の眉間に指を当ててしまう。

そんな佑都を見て、藤崎はクスクス笑っている。

なんかバカにされてるような気がしないでもないが、患者が亡くなったり、保護者から非難されて少し落ち込んでいた気持ちが和らいだ。

自分がどんな顔をしているかなんて、意識したこともなかったが、藤崎に向いてると云われたことでじわじわと温かい気持ちになる。

自分も恵まれた子ども時代を送ったとは言い難いが、それでも健康だったことは何よりの財産だと思う。それだけに、患児には強い同情を感じている。が、それをいつも抑え込むようにしている。彼らが望むのは同情ではないと思うからだ。

彼らはまだ数年しか生きていないのに、将来に繋がっていくという確証がない。ずっと周囲からは同情されてきて、小さな自尊心は傷ついているのではないだろうか。

彼らには同情よりも、冷静で正確な診断と治療法こそが必要だと思うのだ。そして自分はそれを与えられるかもしれない立場だ。

彼らの将来に道を繋げるためなら、睡眠を削って論文を読んで、何とか手がかりになりそうなものを探す労苦は厭わない。しかし保護者のフォローまではかんべんしてくれと思うことはある。保護者の信頼が患児の治療に役立つことは百も承知だが、佑都は感情をぶつけるばかりの親に対して冷淡な部分があると自覚していた。

いつかはさっきのような母親とうまくやれるのだろうか。しかし今のところはまったくそんな自信はない。

それでもどんなに彼女が怒っても、他の医師に訴えたとしても、今の治療を中止にはできないし、佑都がミスをしたわけでもないのに担当医を替えるようなことはない。

彼女が何を云おうと、佑都がくどいくらい説明したことは録音されている。もちろん書類もある。こちらには何の落ち度もない。そもそも彼女の夫ははっきりと了解しているのだ。

事務局にゴネたところで、佑都よりシビアな副事務局長が、淡々とそれを説明するだけだ。

佑都は、これからも患児の状態が少しでもよくなるためにあらゆる手段を尽くす。

それが自分たちの現実なのだ。

既にその日の業務は終了して、外来病棟はひっそりしている。その一角にあるカフェも閉店時間を一時間後に控えて客もまばらだ。

そこでスマホを見ながら時間を潰していると、妹の繭子からラインが届いた。

『仕事長引いちゃった。十五分くらい遅れるかも。ごめーん』

時間にルーズなのは相変わらずで、佑都は苦笑して了解の返信を送った。

このあとは当直なので、どうせずっと病院にいる。問題があるとすれば、カフェが閉店してしまうかもということだが、いくらなんでもそんなには遅れないだろう。

繭子の用件というのは、彼氏と一緒に暮らすために部屋を借りることになったので、保証人のサインが欲しいということなのだ。

彼氏のアパートが老朽化で建て替えることになってしまって、退去せざるを得なくなったのだ。繭子は会社の寮に入っているので、それならいっそ一緒に暮らそうかということになったようだ。

たった一人の身内だから、できることはやってやろうとは思っているが、それは義務感とかそういうものが先で、いまだに妹に対する情というか家族愛みたいなものを持てないでいる。

そもそも、佑都は繭子が産まれたときのことを知らない。妹と初めて対面したのは、佑都が十一歳、妹は三歳のときだった。

両親が離婚したのは彼が八歳のときだ。母の浮気がバレて、ついでに佑都も実は父の子ではないこともバレて、父から追い出されたのだ。

母は愛した男の子どもを育てるために、自分に気がある好きでもない男に近づき、自分の子を妊娠したと思わせて結婚を迫ったのだ。託卵《たくらん》、というやつだ。

母は出産すると露骨に夫を避けた。

父は妻から距離を置かれたせいもあってか、会社に依存するようになった。佑都を可愛がることもなく毎日遅くまで帰らず、早いうちから家族はバラバラの状態だった。

父は自分に少しも似ていない佑都を不審に思いながらも、自分からそのことを妻に問えずにいた。居場所のない家が苦痛で、単身赴任を自ら引き受けて、家には帰らなくなっていた。

浮気がバレたのは、母が妊娠したせいだ。そしてそのときに、父はずっと気になっていた佑都のDNAも調べたのだろう。

母は妊娠してもあまり目立たず、暫く家を空けているときに出産して、その子は児童養護施設に預けてしまっていたのだ。もちろん、佑都は何も知らされていなかった。

それが、繭子が三歳になったときに、母は彼女を引き取ってきた。ずっと絶縁状態だったの母の母、つまり佑都にとっては祖母と同居することになったからだ。

母は母子家庭で育ったのだが、中学生のころに母親が再婚した。その義理の父親から性的虐待を受けた彼女は、中学を卒業したときに家を出た。それからは親はいないものとして生きてきたが、義父が事故で亡くなったことを同郷の友人から聞いたのだ。そこそこの額の保険金を手にしたであろうことで噂になっていたらしい。

母はその保険金に目をつけた。自分にもそれを受け取る権利があると思って、実家に連絡をとったのだ。

夫を亡くして一人になってしまった祖母は、娘と孫たちとの同居を申し出た。孫の面倒を自分が見てもいいと云ったのだ。母にとっては思い通りの展開となった。

祖母との暮らしは、佑都にとってはこれまでとは比較にならないほどまともなものだった。広いマンションに引っ越して、祖母と佑都と妹とで食卓を囲む。これまでからは想像もつかない日々だった。

とはいえ、祖母は特に愛情深い人ではなかったし、自分の機嫌で孫を可愛がったり邪険にするようなところもあった。利発な佑都が気に入らないと、わけもなく怒鳴られたり小突かれることもあった。

祖母が料理を作ることは殆どなく、出前をとったり惣菜を温めたりがせいぜいなのだが、これまで夕食はすっかり冷めた弁当以外のものを食べたことがなかった佑都にとっては、それでも充分贅沢なものだった。

しかしそんな祖母も、二年足らずで病気で亡くなった。

そしてそのときには、祖母が受け取った保険金の殆どを、母は使い切ってしまっていた。

初めて手にした大金を、毎晩飲み歩いてバラ撒《ま》いていたようだ。ブランドの服を買ったり、友達に奢ったり…。

自分がどのくらい使ったのか、どれだけお金が残っているのかまるで頓着なく、子どもたちのために貯金しておくという考えなど浮かぶはずもなかったのだ。

祖母が孫名義でとっておいたくれた貯金すら、母はとっくに手をつけていた。

マンションの家賃はすぐに払えなくなり、また狭いアパートに戻った。そして佑都の知らないあいだに、母はまた妹を施設に預けてしまった。自分で面倒を見る気がまったくなかったからだ。

預けたのがどこの施設なのか教えてもらえずに、佑都にはどうすることもできなかった。

「仕方ないじゃない。それならあんたが面倒見られる？」

まだ小学生の息子に対して、まるで罪悪感のない顔でそう云い放った母の顔を、佑都はまだ覚えている。

その何年か後、佑都が中三の夏に、妹が突然アパートを訪ねてきた。

施設でひどい虐《いじ》めを受けて、逃げてきたのだという。

その言葉どおり、妹は傷だらけだった。彼女の説明には誇張もあったかもしれないが、とても見捨てることはできなかった。

「それなら他の施設を探してあげるから」

如何にも面倒そうに云って繭子を追い返そうとする母に、見かねた佑都が、自分が妹の世話をすると約束した。

「それならいいわ。でも約束は守ってね」

母はそのときに自分の責任を回避して、未成年の我が子に妹の世話を押し付けたのだ。

佑都はその後も、母親に対する意地と、自分から約束したのだという責任感だけで、妹の面倒を見てきた。

自分でも、愛情からの行為ではないことはわかっていた。

愛情があれば、もっと真摯になれたと思うことはある。

妹の勉強を見ることがあっても、すぐに面倒がって投げ出す繭子に、口うるさく諭すようなことはしなかった。本当に愛情があれば、本人が何度投げ出そうがたぶん何度でも働きかけるだろうと思う。たいていの親がそうするように。

しかし佑都はそこまでできなかった。勉強できる環境と時間があるのにそれをしない妹に呆れるだけだった。

妹に同情はしていたが、可愛いとか慈しむような気持ちは持てない。それは今もあまり変わっていない。

それでも、たとえ義務感だけでも、妹が何をしても見捨てないし、家族としてやれることはしてやることを言葉で示すことは意味があると思って実行してきた。

その甲斐あってか、ここ数年は妹とはなかなか良好な関係を築けている。それが彼女の成長にも明らかに影響していた。自分よりもずっと複雑な育ち方をしてきた彼女としては、現状は上出来と云えた。

そろそろ妹が着くころだと出入り口を気にしていると、長身の二人の女性が入ってきた。白衣を身に着けていて、一目で医師と分かる。

知った顔なら挨拶をしなければと顔を見たが、慌てて目を逸らしてしまった。

相手は自分を知らないだろうが、佑都は知っていた。一人が藤崎と噂になっている消化器外科の北村だったのだ。

二人はよりによって、佑都と背中合わせのテーブル席に座った。

「…みんなでお祝いしなくちゃね」

「今度はちゃんと式も挙げるよ。前のときは籍入れただけだったから…」

「向こうは初婚だもんね。いやー、それにしてもあんな若いイケメン相手とは。帰国したときは結婚はもうこりごりとか云ってたくせに」

「あのときはほんとにそういう気分だったのよ」

「まあいいよ、北村が幸せなら」

嫌でも聞こえてくる二人の会話に、どくんどくんと心臓が不安な音を立てる。佑都は無意識に顔を歪めていた。

やっぱり結婚は本当だった。本人の口から聞いたのだ、決定的じゃないか。

もやもやしたものが喉元に込み上げてくる。

ラインの受信音がして画面を見ると、藤崎からだった。

『明日、時間ある？』

このタイミングで聞かれて、佑都は吐きそうになった。

結婚相手までいるくせに…。とてもそんな気にはなれない。

『先約があるので明日は無理』

苛々しながら返信を送る。

「お待たせ！」

はっとして顔を上げると、妹がカフェラテをテーブルに置いたところだった。

「なに？　遅れたから怒ってる？」

「え、いや…。いたずらメールがきて」

「なーんだ」

繭子は明るく笑って、佑都の隣に座った。

「ヒロくんも一緒に行くって云ってたんだけど、今日も残業だって。佑都によろしくって」

「…ああ」

「あとね、佑都に差し入れ〜。冷蔵で一週間は大丈夫だからって」

繭子の彼氏はホテルのレストラン部で働く調理師だ。

「あ、ありがとう…。このあいだのも美味《うま》かった」

「そりゃそうよー。プロだもん」

誇らしげに繭子が笑った。

ひとしきり現状報告をしたあと、鞄から書類を取り出す。

「不動産屋さんから病院に確認の連絡いくかもって」

佑都は頷いて、ざっと目を通してからサインをした。

「遊びに来てーって、ヒロくんが」

「引っ越しの手伝いできないけど、大丈夫なのか？」

「大丈夫。ヒロくんの友達が手伝ってくれるって」

「ならよかった。いちお、俺からは軍資金な」

封筒を差し出す。

「やったー！」

「おまえ、声でかい」

佑都が慌てて周囲を見回すと、いつのまにか北村たちはいなくなっていた。

「助かりますッ！」

やや声を潜めて云うと、繭子はいそいそと鞄にしまった。

「いいとこ見つかってよかった。ヒロくんてば、安いなら事故物件でもいいんじゃないのって云い出すし。さすがにそういうの怖いからやめてもらったけど」

「俺は気にならないな」

「二人ともおかしいよ」

眉を寄せて首を振る。

「ちょっと予算出ちゃったけど、その分二人で頑張って働くから」

彼氏に云われて家計簿もつけるようになったらしい。それを聞いて思わず目頭が熱くなってしまう。

繭子の話は彼氏のことから職場の愚痴にまで続いて、気づいたらカフェのスタッフから閉店時間になったことを告げられて、慌てて引き上げた。

「んじゃ、また連絡するね」

「ああ。ヒロくんによろしく」

繭子と別れて、当直室に向かう廊下で、見覚えのある人影が見えた。

「これから当直？」

藤崎だった。

「…そうだけど」

「ちょっと話せない？」

近づいてきて、声を潜める。

佑都はどきんとした。もしかしたら別れ話なのでは…。心臓がきゅっと縮こまった。

そうか、さっきのラインもそうだったのか。

「あ、うん……」

そうだよな。結婚するんだもんな…。

「当直室でもいい？」

藤崎は頷くと、佑都とエレベーターに乗った。

「…今の、誰？」

「え……」

「茶髪の巻き毛の。けっこう年下？」

繭子のことらしい。どこで見ていたのだろう？

「妹だけど…」

藤崎はそれを聞いて噴き出した。

「なに、そのとってつけたような…」

何を云われているのか、佑都にはわからなかった。

「まあいい。そういうことにしといてやる」

エレベーターの扉が開くと、藤崎は先に降りて、当直室の前で佑都を待った。

佑都は意味がわからず、ロックを外してドアを開けた。

中に入ると、藤崎はいきなり腕を掴んで佑都を引き寄せた。そして強引に口づける。

「な……」

「あんたに女が抱けるとは思ってなかったな」

「は？」

「しかも、ああいうのがタイプ？」

「ああいうのとか云うな」

きっと睨み付けたが、それは藤崎を更に怒らせた。両手の指をからめて自由を奪って、更に激しく佑都の唇を吸う。

「は、なせ……」

抵抗しようとした矢先に、藤崎の匂いを嗅いでしまった。それだけで、もう抵抗などできなくなる。

「…ちょろすぎるな」

囁いて、佑都の耳をべろりと舐める。

「エロい匂い。こんなんで女抱くとか、笑わせる」

だからあれは妹だから…と云いたかったが、身体の奥から湧き上がる熱が苦しくて、それどころじゃない。

何度も抱かれて慣れるどころか、ますます深みに嵌っていくようだ。

それでもこんなふうに流されたくなくて、弱々しく抵抗する。

「大人しくしろよ。さっさと済ませるから」

その冷たい言葉に、佑都の表情が固まった。

そんな云い方があるだろうか。これじゃあ、単に欲望の捌《は》け口だ。

佑都の怒りが一気にマックスになった。

「ふざけんな！」

叫ぶと同時に、藤崎の腹を足で押した。

「人をバカにするのもたいがいにしろ。とっとと出ていけ！」

ドアを開けて睨み付ける。

藤崎は佑都が本気で反撃してくるとは思っていなかったらしく、腹に手を当てて少し驚いているように見えた。

佑都はその隙にデスクの上のスマホに飛びついた。

「出ていかないなら警備呼ぶぞ？」

「わかったよ。そうマジになんなよ」

降参のように両手を挙げて肩を竦めて、部屋を出る。

「二度と連絡してくんな！」

怒鳴ると、音を立ててドアを閉めた。

むかつく。ふざけやがって。人をなんだと思ってる。

興奮したせいか、まだ手が震えている。

結婚する相手がいるくせにこんなことができるなんて。ただの便利な玩具《おもちゃ》くらいにしか思ってないからだろう。

所詮、アルファのオメガに対する扱いなんてこんなもんなのだろう。

自分たちと同等とはまるで思っていないのだ。

小児科医に向いてると云ってくれたときは嬉しかった。理解してくれてると思ってた。けど、あんなのは口先だけだったんだ。

これで終わりだ。もうあんな奴のことは考えない。

むかついて、哀しくて。

涙が溢れてきて、止まらなかった。


あれから一週間が過ぎたが、日常は何ひとつ変わらないままだ。

あのレイプまがいの態度を藤崎が詫びてくるわけでもなく、かといってさすがに呑気《のんき》に誘ってくることもない。

今村多恵子の件は、早々に父親と話せてそのまま治療は続行することができていた。症状は落ち着いて、効果もぼちぼち現れてきたが、母親は夫から説得されたことで更に佑都に敵意を持っているようだ。それでも多恵子の治療がうまくいけばそれでいい。あとは夫婦の問題だと佑都は割り切ることにした。自分の患児は彼女だけではないのだから。

やっと退院の目途《めど》がついた患児もいれば、悪化して再手術を検討しなければならない患児もいる。外来でクリニックから紹介されてきた患児の検査結果を指導医と診て、お互い言葉が出なかったとか。それもこれも日常だ。

そして佑都自身も、ひと月以上遅れていた発情期がそろそろ始まりそうなことが検査でわかって、少しほっとしていた。

数日前の自己検査で、数値の変化が確認できたのだ。

「ようやくか…」

実は前の発情期から既に四か月以上たっている。彼の周期はだいたい三か月なので、いくらなんでも遅れすぎで気になっていたのだ。

元々簡易キットによる自己検査は、周期に合わせて一週間前頃から行うようにしている。ピルを飲んでいるせいもあって、多少の体調の変化はあるものの、自分自身で発情期がきているのかどうかも明確にはわからないからだ。

ひと月以上もずれていることは既に主治医には相談していて、何度か詳細な血液検査をしてもらっていた。この日も採血の予定だが、主治医は院内の医師ではないため、オーダーだけを出して、採血は佑都自身が行い、院内の検査に回すことになっている。

昼休みに、ロッカールームで検査キットを取り出すと、針についたキャップを外して口に咥《くわ》えた。

「あ、ずれた…」

採血は滅多にやらないため、あまり巧くない。病院は分業制なので、ふだん医師が採血をすることはほぼない。

検体を封筒に入れて、院内の検査室に持っていく。

主治医のクリニックとこの病院は業務提携しているので、データを転送することは特に問題はないのだ。

やれやれという気持ちで医局に戻ろうとした佑都の目に、藤崎の姿が映った。廊下の先を数人の医師と歩いている。

藤崎は北村と一緒だった。

二人が一緒にいるのを、佑都はこのとき初めて見たのだ。

看護師たちの言葉どおり、お似合いの二人だった。年齢差を感じさせない、絵になる美男美女だ。

それだけでもショックだったが、一緒にいた他の医師たちも目立つ人たちで、ドラマのロケかと思わせるような一団だったのだ。

佑都は下を向くと、階段ホールに引き返す。そして急いで階段を降りた。

藤崎と北村は云うに及ばず、北村のすぐ後ろにいる外科医もたいそうな美形だった。確か自分よりもひとつ上で、華奢《きやしや》だが身長もそこそこあるクール系イケメンだ。一時看護師が騒いでいたが、あまりにもクールすぎて盛り上がらなかったと聞いている。

いかにもアルファな外科医軍団といったキラキラしたグループで、佑都はすっかり引け目を感じてしまった。

そう。なんで忘れていたのだろうか。彼とは最初から住む世界が違う。

今は同じ病院に勤めていて似たような給料をもらっているが、彼は数年後は親族が経営する病院に移って経営陣の一人となるはずだ。給料は今の何倍にもなるだろう。

北村と暮らすのは、やはりウォーターフロントのタワマンだろうか。二人の子どもは私立に通わせて、その子たちもまた恵まれた人生を送るのだろう。そんなことを考えて、佑都は頭を振った。

なんだか僻んでるみたいで、自分が惨めになる。

そもそも、自分は一生一人で生きていくつもりでいたのだ。そのために必死に努力して今何とか医師としてやっていけている。その努力をこれからも続けるだけだ。

自分の仕事はあるし、助けられる患者もいる。それがどれほど恵まれていることか。

仕事は大変でそれが収入に見合っているとは云い難いが、それでも世間一般の平均よりは稼げている。オメガの自分としては上々だ。

こんなことでいちいち傷ついていて、どうする。

藤崎とのことは、よくあるアルファとオメガの一時の関係で、それ以上でもそれ以下でもない。アルファは都合よくオメガと性的関係を結ぶが、その殆どは番としての結びつきというものではない。

アルファと番になりたいオメガは大勢いるが、その逆は稀《まれ》なのだ。そんなことは佑都もよく知っている。

アルファに選ばれる夢なんか見たことはないし、これからだってそうだ。

勘違いなんかしてない。大丈夫、すぐに忘れられる。

それでもすぐに忘れるなんてことは到底無理で、余計なことを考えなくて済むように後輩を手伝ったり、積極的に仕事を引き受けたりと、仕事に逃げていた。

そのせいで妹との約束もうっかり忘れるところだった。念のため設定しておいたスケジュールを報《しら》せるアラームのおかげで気づくことができて、佑都は慌てて仕事を引き上げた。

それでも朝はちゃんと覚えていて、スーツも準備してきているのだ。

慣れない手つきでネクタイを結んでいると、ロッカールームに入ってきた綾瀬が佑都を見つけるなりニヤニヤしてみせた。

「朝香ちゃん、なになに、デート？」

絶対にそう云われると思って、佑都は溜め息交じりに返す。

「妹とですよ」

「妹と会うのにスーツ着る？」

「彼氏も一緒で、ちゃんとしたレストランなんでスーツで来いって」

「それって、まさか結婚の挨拶とか？」

「…とかですよ、たぶん」

「え、ちょっと待って、朝香ちゃんの妹ってまだ十代じゃなかった？」

そういえば、かなり前に綾瀬には妹の話をしたことがあった。綾瀬の弟の話を聞いていた流れだった。

「…二十一です」

「もうそんなかあ。けど、それでも早くない？」

「ま、本人が幸せそうなんで」

そう返して、ジャケットに袖を通す。

それを聞いた綾瀬の顔に笑みが浮かぶ。

「そっか。それが一番だな」

「です。それに若いうちなら失敗してもやり直せるし」

「おいおい、失敗前提かよ」

綾瀬はそう云って笑うと、佑都を見てちょっと目を細めた。

「朝香ちゃんのスーツって…」

「なんですか。七五三とか云いたいんでしょ。悪かったですね」

「いやいや、違って。なかなかオシャレじゃね？」

「は？」

「アイドルっぽい感じ？」

急にそんなことを云われて、胡散臭そうに綾瀬を見てしまう。

「何云ってんですか」

「誉《ほ》めてんのに」

「無理して誉めてもらわなくても…」

「無理してないしー。ていうか、朝香先生アイドルみたーいって云ってるナース、けっこういるのに」

「聞いたことありません」

いったいどのナースが云ってんだと聞きたい。

「直接本人には云わないでしょ」

佑都はそれに内心苦笑する。

自分は看護師にはあまり好かれていない自覚はある。云い方がきついとか不親切とか、そんなことを陰で云われてるらしいことは知っている。それでも仕事上での支障がないので、別に好かれなくてもいいと思っている。

「もうちょっと愛想よくして、ニコニコしていたら、朝香ちゃんのファンもっと増えると思うんだよなー」

ファンってなに？　佑都はさすがに呆れてしまう。

「ねえねえ、写真とっていい？」

「は？　お断りします。もう時間もないし」

時間を確認してロッカーの扉を閉めた。文句を云いたそうな綾瀬に挨拶をすると、急いで病院を出た。


佑都が店に到着すると、藺子と弘俊《ひろとし》はウェイティングルームで彼を待っていた。

「あー、来た来た。佑都がギリギリってことあんまないから心配しちゃった」

自分は遅れるくせにと思ったが、それは彼氏の手前云わずにおいた。

「オシャレな店だね」

「そうなのよー。なかなか予約とれないんだって」

藺子は珍しくコンサバなワンピースを着ていて、物珍しそうに周囲をキョロキョロしている。

「お世話になった先輩が、去年からここで働いてるんです。今日のこと相談したら特別に予約入れてくれたんです」

そう云うと、弘俊は溜め息交じりに佑都を見る。

「藺子とも云ってたんですけど、佑都さんアイドルのタレントみたいだねって」

「え…」

綾瀬といい、今日はなんなの…と身構えてしまう。

「しゅっとしてて、小柄だけどスタイルよくて。前会ったときとは印象違ってて、びっくりしました」

「髪型変えたからかなって。まあ、これまでダサかったしね」

「そんなことないよ。佑都さんは元々整った顔だから…」

真面目な顔で云われて、佑都はちょっと焦った。

「いやいや、そんなことは…」

「佑都はママ似でさー。佑都は中学生のころから綺麗で整ってたよ。変に髪伸ばしたりダサい服着てたから気づいてない人多かったけど」

妹からそんなふうに云われると、居心地が悪い。何より、佑都は自分が母親似であることをマイナスに捉えていた。母は愛する男の面影がどこにもない息子にがっかりしていたし、息子が成長してからは、愛する男が万一オメガの息子に興味を持ったら…という対抗心すら持っていたのだ。

それを薄々感じていた佑都は、母親似のくっきりとした大きな眸を隠すために髪を伸ばした。笑うと愛らしいと云われた笑顔も封印した。

今はもうそんなことを気にしなくてもいいのだが、それでも繭子から悪気なく母親似だと云われると、苦いものが込み上げてくる。

「ママはほんとに綺麗だったよね。華奢で儚《はかな》くて…」

繭子は佑都と違って、母親の容姿に関して肯定的だ。母の都合で二度も養護施設に預けられたのに、あまり母を恨んではいないようだ。

彼女曰《いわ》く、お祖母ちゃんがいたし、その後も佑都がいたから、ママがいないのもそんなもんだと思っていて、殴られたわけじゃないからということのようだ。

もちろんそれでも他の家庭と違うことや、佑都がドライすぎて自分が誰からも愛されていないと荒れたことはあったが、とりあえず母に強い恨みを持たずにいられたことは、悪いことではないと佑都は理解していた。

「私もママに似たらもっと美人だったのに」

「繭子、今のままで可愛いじゃん」

「えー、ヒロくんってば照れるぅ」

結局二人のラブラブを見せつけられただけだった。

だいたい、美形っていうのはあの外科医軍団みたいな人たちのことだろう。オーラが圧倒的に違う。そんなことを思い出して、凹んでしまう。

案内されたテーブルは、中庭が見える落ち着いた場所で、弘俊の先輩がシャンパンを用意してくれていた。

三人で乾杯して、やや緊張した面持ちの弘俊から結婚の報告を受けた。

「繭子をよろしくね」

佑都が笑顔で返すと、突然弘俊が涙ぐむので佑都は驚いた。

反対されると思っていたわけではなく、繭子から聞いた佑都の苦労話なんかを思い出して込み上げてきたらしい。弘俊も家族とはあまり縁がないため、式に呼べるような身内は祖母だけだったのだ。

「子どもは、いっぱいほしいねー。でも暫くはお金貯《た》めようって」

幸せいっぱいの繭子が、弘俊を見る。

「まあ一年くらいは二人だけってのもいいけど、基本的に出産は早い方がいいよ。育児は若い方が体力あって楽だし、職場復帰するのも若いうちの方がいい。自治体の制度を最大限に使えば、補助もある。貯金や所得が増えると補助が減らされたりもするし」

「え、そーなんだ。知らなかった」

「それじゃあ、ある程度貯金が貯まるまで出産を先延ばしにすると、結果的に損をするってことですか?」

「そうそう。公立の保育園は所得が低いほど入りやすいしね」

「…佑都、結婚してないのに詳しいね」

「小児科医やってると、二人目の相談とかされることあるから。それなりに調べてる」

二人は尊敬の眼差しを佑都に向ける。

「でもさ、まだ親になる自信とか、そういうのがね…」

「一年二年で親になる自信なんてつくもんでもないと思うけど。さっさと親になったら自覚もできるし、そうやって成長していくもんじゃないの？」

えらそうに云って、「俺は知らないけど」と付け足した。

「補助金でも足りないときは、俺が貸してもいいしね」

その言葉に、繭子が待ってましたとばかりにお礼を云おうとする前に、弘俊が真面目な顔で首を振った。

「や、でも佑都さんにこれ以上負担をかけるのは…」

「貸すだけだよ。経済的な理由で子どもを持つのを先延ばしにするなって意味。世の中、お金がなくてうまくいかなくなることは山ほどある。俺はそれをよく知ってるから、そうなってほしくないだけ」

「佑都さん…」

「今は子どもは欲しくないと思ってるならそれはそれでいいんだけど…」

それを繭子は首を振って否定した。

「欲しくないはずないよ。すぐにでも欲しい。ね？」

藺子は弘俊を見る。弘俊も躊躇しつつも頷いた。

「それじゃあ迷う必要なくない？」

藺子の目が輝く。

「藺子はまだ二十一だし、僕もそんなに貯金があるわけじゃないから…。佑都さんにはしっかりお金貯めて地に足着けて、子どものことはそれからって云われるって思ってた」

そんな弘俊に、佑都は笑ってみせた。

「いや、たいていの医者は若いうちにさっさと産んでしまえばいいと思ってるよ。高齢出産って云わなくなったの、あれがよくないよね。いつでも同じように妊娠できて出産できて育てられると誤解しちゃう。そんなはずないから」

弘俊は目から鱗《うろこ》という顔になっている。

「…そうなんですね。充分な貯金もないのに子ども育てるなんてって、誰かが云ってるの聞いて、そういうもんだとずっと思ってました」

「そりゃ充分な貯金があるに越したことないけど、そんなこと云ってるから少子化に歯止めがかからないわけ。確かに不幸な話はたくさんあるよ。けどその多くは行政の手を借りる術《すべ》を知らないせいだったりする」

「そっか。僕ももっと勉強しないと。ネットでもそういう情報わかると思うし」

弘俊は力強く返す。佑都は思わず微笑した。妹が生涯の伴侶に選んだ男が彼でよかったと心から思ったのだ。

「ほっそい脛《すね》だけど、いざってときは当てにしてくれていいよ」

「…佑都ぉ……」

繭子はハンカチを取り出して、目元を拭く。

「今のところは頼らずにやっていこうと思ってますが、でも…。ありがとうございます」

弘俊はがばっと頭を下げる。繭子も慌ててそれに倣った。

佑都はそんな二人を見て目を細めた。

母に似て計画性がなく、どちらかというとだらしない生活態度だった妹が、きちんと将来を考えるようになったのは、間違いなく弘俊のおかげだ。

自分は妹に対して充分な愛情を注ぐことはできなかったが、弘俊がそれを補うように溢れるほど繭子に注いでくれていることが、佑都にははっきりと感じ取れた。

「繭子、いい旦那見つけたな」

そう云うと、妹はとうとうぼろぼろと泣き出してしまった。

「ゆ、佑都ぉ…」

「おまえ、こんなとこで泣くなよ。俺がいじめてるみたいじゃないか」

「ご、ごめん…。けど…、嬉しくて…」

マスカラがとれてぼろぼろの顔になっている。その隣で、弘俊も今にも泣きそうな顔になっている。

お似合いすぎる。佑都はちょっと呆れながらも、身内が一人増えることに温かいものを感じていた。

未来が見えなかった中学生のころ、まだ小学生の妹を自分が何とかしなきゃいけないと思って不安でいっぱいだったあのとき…。崖の中腹をよじ登っているときに、自分一人だけでも落っこちてしまいそうなのに足元には妹がしがみついていて、二人ともが無事に登れる可能性などあるのかと不安で胸が潰れそうだったあのときに、こんな上等な未来があるんだと、だから絶対に諦めるなと声をかけてやりたかった。

そんなことを考えていると、佑都も込み上げてくるものがあって、それでも何とか泣かずに笑うことができた。

運ばれてきた料理はどれも美味しく、料理のプロの弘俊がうんちくを交えながら説明してくれる。それ以外では話好きの繭子がほぼ喋っていたが、それでも佑都にとっては気持ちが和む時間だった。

「私、顔直してくる」

デザートまですっかり堪能して、繭子が席を立った。

「それじゃあ会計済ませておくから」

今日は弘俊の奢りで、佑都も彼の顔を立てるつもりだった。

「ご馳走様。美味しかったよ」

「口に合って良かったです」

「お祖母さんとこに、繭子とご挨拶に行くって？」

「あ、はい。来週…。前にも一度遊びに連れてって…。祖母ちゃん、繭子のことすごい気に入ってくれてるから…」

話をしながらエントランスに向かうと、スタッフが一組の客を案内してきたところだった。

「うわ、…芸能人？」

弘俊が佑都に小声で耳打ちする。その視線の先を何の気なしに追う。

まさか…。佑都はその場に凍り付いた。

スーツを着た藤崎が、シックなワンピース姿の北村をエスコートしていたのだ。

目を逸らそうと思ったが、既に遅かった。

どうせ無視されるだろう。北村とのデートに鉢合わせたからといって、藤崎が気にするはずもない。そう思ったのだが、佑都に気づいた藤崎の目が不快そうに歪められていた。

さすがにばつが悪いのか、それとも目撃されたこと自体が不愉快なのか…。

「佑都さん？」

「あ、今行く」

急いで弘俊の後を追う。

「すごいイケメンでしたね。彼女も美人だし。芸能人かなあ？」

弘俊がそう思うのも当然で、他の客も振り返って見ていた。

しかし、佑都はそれに答える余裕もない。

「ごめん…。俺、仕事思い出した。先に帰っていい？」

「え、大丈夫ですか」

さっきまでと様子が違う佑都に、弘俊が驚いた。

「繭子によろしく云っといて」

「あ、あの、また連絡します」

「うん。ごめんね、急に」

詫びて、逃げるように店の外に出た。

ゆっくりと深呼吸をしてみる。それでも動悸《どうき》が止まらない。

苦しくて、胸がむかついてくる。

よりによってこの店で…。偶然にもほどがある。

そもそもなんでこんなに哀しいのか。まだどこかで期待していたのか。

バカらしくて、情けなくて。指先が小さく震えている。

早く家に帰りたい。タクシーを捕まえようと通りを流れる車に目をやると、いきなり背後から腕を掴まれた。

「な…」

慌てて振りほどこうと振り返ると、藤崎だった。

「え……」

なんで？　なんでここに彼が？

「誰なんだよ、あれ？」

「は…」

「ふざけんなよ。あんなのとヤるつもりかよ？　どこで引っ掛けた？」

何云ってんだ。そもそも、彼がなんでこんなに怒っているのかわからない。デートの最中じゃないのか？

「ちょ、離せよ」

掴まれた腕を振りほどこうとするが、びくともしない。

「ちょっと放っておいたら、この尻軽が…」

「し、尻軽？」

あまりの侮辱に、佑都は声が裏返ってしまう。

「そんなことあんたに云われる筋合いは…！」

強い怒りが込み上げてきて藤崎を睨み付ける。それを見た藤崎も怒りで体温が上がったのだろう。掴まれた腕が焼けるように熱い。

それを意識した瞬間だった。

強い衝撃が襲ってきて、心臓に何かを打ち込まれた。

太い血管が脈打って、身体の奥が熱くてたまらない。息苦しくて、呼吸が荒くなる。

やば…。奥が、濡れてくるのがわかる。もう立っていられない。

これまでの欲情とはもう全然違う。これこそが発情なのだと気づいた。

「…あさ、か……」

藤崎の声も掠れている。

まずい、何とかしないと。

慌ててポケットに手を突っ込んで抑制剤を取り出した。発情期に入ったときに、万一を考え

て携帯していたのだ。それを鼻に突っ込んで続けてスプレーする。

ゆっくりと吸い込んだが、すぐには効いてこない。

「離、せ……」

あんたが掴んでるせいじゃないか。

そのとき、彼らの目の前にタクシーが止まった。

降りてきたのは、外科医軍団のクール系イケメンだった。

「何やってんの…」

彼は、佑都たちを見ると、綺麗な眉をすっと寄せた。

「ちょうどいい。その車使わせて」

そう云って、藤崎が佑都の腕を引っ張る。イケメンは戸惑うような目を向けた。

「え？　なに…」

「悪いけど、帰るよ」

「帰る？　おまえのために予約とったのに」

「火急の用件なんで」

クール系イケメンは、藤崎に抱えられている佑都をじっと見た。

「もしかして彼、小児科の朝香くん？」

イケメンの目がキラッと光ると、佑都に近づいた。

「…なるほど。美味しそうな匂い」

すんっと匂いを嗅ぐと、唇の端をぺろりと舐めた。

「おい、離れろよ」

藤崎が威嚇する。クールなはずのイケメンの目がおもしろそうに微笑んだ。

「こんな匂い垂れ流して、やばくない？」

「いいから離れろって」

藤崎は少し苛ついたように返して、タクシーに佑都を押し込む。

立っているのがやっとだった佑都は、くたりとドアに凭《もた》れかかった。

もう何が何だかわからない。確か五分待ってまだ効いてこないときはもう一度スプレーすれば効くはず…。でも五分ってどのくらい…？

クール系と何やら話をしていた藤崎が乗り込んできて、運転手に行先を告げると、窓を全開にした。

風が気持ちいい…。

少しずつ気分が回復してきて、さっきのような熱さは去っている。

よかった…。初めて使ったけど、抑制剤ってちゃんと効くんだ。

ほっとすると、今度は強烈な睡魔が襲ってきた。

いや、寝たらダメでしょ。寝てる場合じゃない。けど…、瞼《まぶた》が重くて…。

そういえば、抑制剤はたまに眠くなることもあるので使用時に車の運転は避けてくださいと薬剤師が…、云ってた、ような……。

何とか必死になって目を開けていようと何度か抵抗を繰り返したが、それも長くはもたずに、佑都は意識を失うように眠りに落ちていった。


「…寝るか、普通？」

頭の上から降ってきた声に、脳が覚醒する。けど、目が開けられない。

もしかしてまだ夢？

藤崎が運転手と何かやりとりをして車を降りた数秒後に、寄りかかっていたドアが開いて、ずるっと身体が落ちかける。それを藤崎が受け止めた。

「仕方ねえなあ」

苦笑しながら佑都を担ぎ上げる。

え、え、なに？

抵抗しようとしても身体が動かない。…ってことは、やっぱり夢？　なんでこんな夢を…。

夢のせいか、場面がところどころ途切れがちで、どさっとソファに投げ出されて、佑都はさすがに目が覚めた。

「え、なに、ここ……」

しっかりと覚えがある。少し散らかっているが、藤崎の部屋のリビングだ。

「起きた？」

「……」

「水、飲む？」

佑都が答える前に冷蔵庫からペットボトルを取り出すと、彼の目の前に差し出た。

「あ、…ありがとう」

受け取って、少し飲む。喉が渇いていたのを呼び起こしたのか、続けて喉を鳴らして飲み干した。

「…あれが、マジな発情ってこと？」

「え……」

いきなり聞かれて、佑都にはすぐに答えられなかった。

「前のと全然違ってたな。匂いの濃さが半端なかった。近江《おうみ》さんも気づいてたしな」

「近江さん……」

「あれ、覚えてない？　まあ、あんた、イっちゃってたしな」

イってはないし覚えている、あのクール系イケメンだ。

なぜ彼があそこにいたのかはわからないが、いきなり匂いを嗅がれたのは初めてだ。いくらなんでも失礼じゃないか。アルファの中にはあんなふうにオメガを揶揄《やゆ》してもかまわないと思ってるヤツがいるのだ。

あのキラキラした外科医軍団なんてそういうタイプだと思ってたよ。鼻持ちならない、自分らは他の医者とは違いますよ、みたいな。僻みも入って、苛々してきた。

「…帰る。タクシー代は今度返すから」

そう云って立ち上がった佑都を、藤崎が引き留める。

「帰るって。待てよ」

「発情期がなんだって云うんだよ。あんたはあの消化器外科医と結婚でも何でもすればいい。もう俺にかまわないでくれ」

掴まれた腕を振りほどく。

「結婚って、なんで俺が近江さんと……」

ふざけて…。胸がムカムカしてきて、キッと藤崎を睨み付けた。

「近江さんじゃない！　ごまかすなよ。相手、北村先生だろ？」

「え……」

藤崎の目が、しまったと云っている。

院内であれほど話題になっているのに、バレてないとでも思ってたんだろうか。佑都はひどく腹が立った。

「あんたら、アルファがどんだけえらいと思ってんの？　そうやってオメガのこと下に見てバカにして、自分らだけは特別だと思ってんだろうけど…」

「べつに下には見てない」

「だったら、無遠慮に人の匂い嗅いでくんなって、お友達に教えてやれ」

「あれは……」

藤崎は云いかけて、小さく頷いた。

「そうだな。あれは近江さんが失礼だった。ただ、あれは俺を挑発したんだと思う」

「はあ？　なに云ってんのか、意味がわからない」

「だからそれは…」

「説明してくれなくていい。もうあんたとは会わないッ！」

もうこんな思いはしたくない。叫んで立ち上がる。

「や、ちょっと待って」

「うるさい。離せって！」

「北村先生とは何もない。結婚はただの噂だ」

妙に真面目な顔で云う藤崎に、佑都はさっき以上に腹が立った。

そうやって騙して、丸め込んで、エッチまで持ち込むつもりなんだろう。せっかくの発情期、目の前のオメガを喰わないで帰すアルファなんているわけがない。

「ただの噂？　…俺は北村先生の口から聞いてんだよ」

吐き捨てるように返す。

「いや、それはないだろ」

「同期のドクターと話してたの偶然聞いたんだよ。おめでとうって。今度は式も挙げるって。だからお祝いしなきゃねって」

藤崎はああ、と頷いて見せた。

「…それ、相手俺だって云ってた？」

「は？　あんた以外誰がいるんだよ。そうやって、いいかげんなこと…」

「近江さんだよ」

佑都の表情が固まった。

「………は？」

「北村先生が結婚すんのはほんと。相手は近江さん」

佑都はカフェでの北村たちの会話を思い出す。確かに相手が藤崎だとは云っていなかった。けどそれなら、看護師たちのあの噂話は…？

「…嘘だ」

「いや、ほんと。ただ俺と付き合ってると思わせるようにしたのはそのとおり」

「思わせる？」

「ちゃんと説明するから、座って」

促されて、佑都はすとんとソファに座った。

「近江さん、俺の大学のサークルの先輩なんだ」

二人は半年ほど前から付き合っていたが、それを知るのは院内でも限られた友人だけで、藤崎も知らなかった。

二人が付き合う前から、北村は消化器外科の医局長から何度か誘いを受けていた。その都度やんわりと断っていたが、なかなか諦める様子がない。

自尊心が強く執念深い性格なのは知る人ぞ知るで、嫌がらせのターゲットになった若い医師がやめていくケースは一人二人ではなかった。

自分を袖にした北村がレジデントと付き合ってるとなれば、北村ばかりか近江が嫌がらせのターゲットにされるかもしれない。

北村は実力で遥かに上回るし、部長にも気に入られているので、嫌がらせで折れることはないものの、近江は違う。彼はクールで自信ありげなイケメンに見えるが、繊細で神経質なところもあって、巧妙なパワハラに耐えられないかもしれない。それを心配した北村が、藤崎に協力を持ちかけたのだという。

「あの医局長、温和で元イケメンって感じで外面はいいんだけど、かなりやばい人みたいで。外科医としての腕はさほどでもないのに実務能力が高いから医局長を任せられて、オペのスケジュールを握っちゃってて、睨まれるとけっこう厄介」

「…カムフラージュってこと？」

「そう。俺としては面倒なことには首突っ込みたくなかったんだけど、北村先生から交換条件出されてさ。何年かあとに実家の病院に引き抜けるかもって」

そういうことなのか…。佑都は自分の勘違いを知って、思わず肩の力が抜けた。

「…そういえば、研修医が北村先生が藤崎病院を訪問したって…」

「そんな話まで回ってんだ。実家の病院の設備とか体制とかね。そういうのを見てもらうために来てもらったんだ」

「そう…だったんだ…」

「先に話しておけばよかったな。朝香は他人のことに興味ないから、気にしないと思ってた」

「……」

「けど、けっこう気にしてくれてたんだな。誤解させて悪かった」

藤崎の真面目な目に、佑都はそわそわしてくる。

これって…、どういうこと？

「けどさ、いくら誤解したからって、それで浮気してもいいってことには…」

「う、浮気？」

「未遂でも浮気だろ。さっきの男はなんだよ」

不快そうな顔で責められる。

「何って…。妹の婚約者だけど」

正直に云ったのに、藤崎の顔は更に険しくなった。

「おい、また妹かよ。あんた、俺のことバカにしてんの？」

「してないし。あんたが信じようが信じまいが、彼は妹の彼氏。今日は結婚の報告の食事会。うち、親いないし、俺が妹の親代わりだから」

「……」

藤崎はさすがに黙り込んだ。それでも腑に落ちない顔をしている。

佑都は溜め息をつくと、スマホを出して妹からのラインのやりとりを画面に出す。そして彼氏とのラブラブ写真の画像を見せた。

「これ、妹と彼氏とのツーショット。他にもいくらでもあるぞ」

藤崎はそれをじっと見た。

「あ、こないだのカフェの……」

「そう。妹って云ったろ」

「…つまり、俺の勘違い？」

「最初からそう云ってる」

藤崎はちょっとばつが悪そうに苦笑した。

「そうだったな。…なんか、悪かった。かっとなっちゃって…。あんとき、むかついてひどいこと云ったかも。我ながらダセぇ」

軽く頭を振ると、自分の分のペットボトルを開けて一気に飲み干した。

そんな藤崎の態度を、佑都は意外な気持ちで受け止めていた。もしかして嫉妬したとか？

それでわざとあんなひどいことを…？

「安心したら腹減ってきた」

恨みがましそうな目で見られて、佑都は苦笑してしまう。

「…俺に云われても……」

「今日は、近江さんたちの奢りでご馳走してもらうことになってたんだ。評判の店でやっと予約がとれたからって。とりわけラムの火入れが完璧だって」

「美味しかったよ」

「そりゃよかったな。ここ暫く、術後管理でまともに食事もとれてなかったから、すごい楽しみにしてたんだけど…」

尚も恨みがましく云って、じっと佑都を見る。

会話が途切れて、佑都は俄かに緊張してきた。

「…妹さん、結婚すんの？」

「…そう」

「んじゃ、俺らも結婚しよっか？」

にこっと笑うと、呆然とする佑都の唇に軽く口づける。

佑都はがばっと藤崎から離れると、腕で唇を押さえて目をまん丸くさせた。

「か、軽…っ」

「え、重いのがよかった？」

「そういうことじゃ…」

「発情期きてんだろ？　なら、あんたを番にできる」

当たり前のようにさらっと云う。

「…いや、待って」

「何か問題でも？」

「いやいや、おかしいでしょ。なんでいきなりそんな話になってんの？　ていうか、これまで一度だってそんな空気になったことなんかないじゃん。そもそも、番ってそんな簡単にぺろっと云うこと？」

佑都は一気にまくしたてた。

「簡単ってなによ」

「だって、いくらなんでも唐突すぎるだろ」

「それはあんたが発情期になったから…」

「なんでそれが…」

そこまで云って、藤崎の言葉の意味に気づく。オメガを番にできるのは発情しているときだけだ。藤崎はそれを待っていたと？

「…待ってた？」

佑都は思わず口にしていた。

「そうだよ」

「いつから……」

「いつから？　あの事故のあとに当直室でヤったときだろ？」

「え……」

「えー、あんた、もしかして気づいてないの？　俺らが再会したのは必然だよ。偶然じゃない。運命的なヤツ」

その言葉は、佑都の胸を鋭く突き刺した。

「本能が引き合ったんだよ」

断言されて、佑都の脳に衝撃が走った。自分はずっと、藤崎に囚われてきた。彼が近くにいるときも、離れているときも、不思議なくらい彼のことをずっと思っていた。それは本能的なものだった？

「同じ界隈にスタンドが現れたら必ず引き合うという話があって」

唐突な話に、佑都は意味がわからず首を傾げた。

「スタンド？」

「それってアルファとオメガにも当てはまるケースがあって、一説によるとそういうのを運命の番とか魂の番とかって呼んでるんじゃないかと」

佑都はごくりと唾を呑み込む。

そんな夢物語みたいなこと考えないようにしていた。運命とか魂が引き合うとか、そういうワードに引き摺られないように。アルファの中にはそういう言葉でオメガを縛って、貪るだけ貪って、何も与えず何の約束も残さず…、そんなヤツもいるのだ。そんな言葉に夢を見て、自分の人生を棒に振った母のようにならないために…。

「俺がこの病院に来てから、院内でたまたま会うこと多すぎない？　俺らなんの約束もしてないのに、偶然に会いすぎてないか？」

それは佑都も思っていたことだ。スタンドはよくわからないが、病棟が違うのに頻繁に藤崎と会うなとは思っていた。駐車場や院内の廊下や、食堂や。そもそもあの居酒屋にしても、さっきのレストランでも…。

「何かが引き合うんだよ。そうとしか考えられない」

「けど、高校のときは…」

「そうなんだよね、俺もそこは引っ掛かってた。それもあって、最初はただの偶然だと思った。タクシーの中であんたに欲情したのも、単にアルファとオメガだってだけだろうって。けどそれにしては偶然に会う頻度が多すぎる。何よりあんたのフェロモンを感じたのも俺だけみたいだし、そもそも発情してないっていうし…」

欲情に任せて貪っていただけだと思っていた藤崎が、自分と同様にいろいろ考えていたことが佑都には意外だった。

「やっぱり本能的に引き合うってやつじゃないかって」

藤崎は目を細めて佑都を見る。獲物を捕らえる目だ。

佑都は息が止まるかと思った。それでもその目に抗えなくて、慌てて息を吸う。

「…つまり、あんたは俺のもんってことだよ」

佑都は目を見開いたまま固まった。完全にロックオンされた。

「あんたも、俺の番になるのは嫌じゃないだろ？」

顔が近づいてきて、藤崎の舌が佑都の目を舐め上げる。

「…離さねえよ？」

貪るように口づけた。

じわっと、佑都のフェロモンが漏れ出していく。

抑制剤を使ってからまだ一時間もたってない。なのに、じわじわと奥が濡れ始める。

「…たまんね…ぇ…」

喘ぐように囁いて、佑都を組み敷いた。

「番にして、いいよな？」

自分の暴走を抑えて、まっすぐに佑都を見た。

否と云わさない強い視線だったが、それでも無理強いはしない。そこに藤崎の誠実さが見えて、佑都は黙って小さく頷いた。

佑都は藤崎のように完全に納得していたわけではないが、それでも彼の番になっても後悔しないと思った。

この先何があっても、自分がこのときに頷いたことを後悔することは絶対にない。そんな妙な自信があった。

捨てられて一人になっても、二度と誰ともセックスできなくなっても。それでも彼の番になりたかった。

だから、彼を受け入れた。

藤崎は満足げに微笑むと、佑都の喉元に喰らいついた。

「あ……ッ…」

強いエクスタシーで、佑都のフェロモンは更に濃くなる。

「大丈夫、こっちはすぐに塞がるから」

そう云うと、滲んだ血を舌で舐め取った。

藤崎の唇の端が自分の血で赤く濡れている。それが色っぽくて、佑都はわけがわからないほどの興奮で、全身が火照ってきた。

「佑都、って、呼んでい？」

今そんなことは…。それより、早く…。そう云いたいのに、云えない。

「ふじ、…さき……」

身体を捩らせて、苦しそうに藤崎を呼ぶ。

「迅…」

「え……」

「迅、って呼べよ」

甘く、命令する。

「じ、迅……」

熱い息と強烈なフェロモンで、藤崎は片目をきつく瞑った。

次の瞬間、藤崎はヒートに陥った。もう自分で制御はできない。

佑都のネクタイをするりと解いたと思ったら、次の瞬間にはシャツを脱がせていた。

「うまそう…」

ぺろりと唇を舐めて、ぷっくりと勃《た》った乳首を舌で転がす。そうしながらも、佑都のパンツも足首までずらしていた。

「佑都、脚開いて、欲しいとこ俺に見せて」

身体を離すと、佑都を見下ろしながら手早く自分のネクタイを解く。

「ほら、おねだりして…」

そんなことできるはずもなく、佑都は小さく首を振る。

「後ろに指突っ込んで、開いてみせてよ」

「む、無理…」

見下ろされるのが恥ずかしくて、腕で顔を覆う。

藤崎はくすっと笑うと、膝に手をかけて一気にそこを押し開いた。

「やっぱり、後ろひくひくしてる」

それどころか、愛液を滴らせて、藤崎を待ちわびている。

「はしたないな…」

その入り口を指で触れる。

「こんなに濡らして…」

長い指でそこを開いた。

「あ……」

ひくんと震えて、指に愛液がからむ。濡れた声と甘い匂いに誘われて、藤崎も限界だ。

反り返った自分のペニスをそこにあてると、先端を潜り込ませた。

「あ…、じ、…ん…」

そこが緩く開いて、更に奥に導く。

「もっと…も、っとぉ……」

自分から迎え入れようと、腰を捩った。

藤崎はたまらず、腰を突き入れた。

「あ、ああっ…！」

佑都の背がのけ反る。

彼の中がうねるように藤崎のペニスにまとわりついた。きゅうっと締め付けながらも、更に奥に導く。

「す、…げ……」

藤崎は、持っていかれそうになるのを必死に堪える。

発情期でいつも以上に敏感になった佑都の身体は、アルファのために開かれていた。

狭いその中が、藤崎のために僅かに緩んで吸い付くように中まで呑み込んでいくのだ。

「あ、い、いいっ…」

藤崎に何度も擦られて、佑都もまたたまらないほどの快感に涙を零《こぼ》した。

「い、い……く……」

佑都が声を上げたとき、藤崎は自分を埋めたまま佑都を抱き寄せた。そして、彼の肩口をひと舐めすると、そこに歯を立てた。

佑都の身体が一瞬痙攣したように震える。

「いっ……！」

鋭い痛みに慌てて抵抗しようとするが、それでも藤崎はそれを許さない。

血が逆流したような衝撃を感じて、佑都はわけがわからず自分の中の藤崎を強く締め付けていた。

「うっ……」

藤崎は低く呻いて射精した。

突き刺さった犬歯が外れて、藤崎は佑都に口づけた。

「大丈夫？」

「……ん……」

痛みは既に去っていたが、頭がふわふわしていて身体もまだ熱い。

「佑都？」

藤崎に呼ばれて見上げる目は、とろんとしてどこか虚ろだ。

それを見た藤崎は、目を細めて佑都の瞼にキスをする。

「…なんか、あんた、やべえ」

撫で回して、耳の穴に舌を入れてくる。

「雰囲気、変わった…？」

熱く囁くと、向かい合うように佑都を膝に座らせた。

恥ずかしくて顔を逸らす佑都を、少し強引に自分の方に向かせる。

「ちゃんと、顔見せろよ」

それでも視線が合わせられない。

「…すごく綺麗だ」

揶揄《からか》われてると思って、佑都の眉が寄る。

そんな佑都の首の後ろに手を回すと、下で待ち構えて口づけた。

佑都の舌を捕らえて、自分の舌を絡みつける。佑都はすぐ夢中になって、何度もキスを繰り返す。

ふと、藤崎の硬いものが自分の後ろに触れて、ぐいぐいと押し付けられてくる。

「佑都、そのまま体重落として…」

命じられるままに、藤崎の肩に手を置いて、ゆっくりとそれを呑み込ませていく。

「焦《じ》らすなよ…」

揶揄うように云うと、藤崎は一気に佑都を突き上げた。

「あ、ああっ、んっ…」

佑都は背をのけ反らせて乱れる。それは、藤崎がこれまで見た中で一番妖艶で綺麗だった。

「佑都…、あんた、どうなってんだ…」

自分が佑都を貪っているつもりだったが、もしかしたら自分が彼に喰われているのではないかと思えてきた。

自分の腕の中の佑都は、透けるほど美しく、あやういほど煽情的だ。いやらしいフェロモンを撒き散らして、自分のアルファを腹いっぱい貪る。

アルファが彼に抵抗できる術は何ひとつなかった。


ソファで貪り合ったあとに、藤崎はベッドに移動してからも何度も佑都を求めて、力尽きて眠りに落ちた。

アラームが鳴る前に、藤崎は空腹で目が覚めた。

「腹減って死にそう……」

独り言を云ってベッドから出ようとすると、その気配に佑都も目を覚ました。

「…今何時……」

ブラインドから漏れる朝日に目を細める。

「まだ一時間は寝られる。ゆっくりしたらいい」

そう云って佑都を見るが、どことなく熱っぽい顔をしていることに気づいた。

「…もしかして熱あるんじゃ？」

ぼんやりしている佑都の額に手をあてる。

「具合悪そう。休むか？」

サイドテーブルの引き出しから体温計を取り出して、手首の脈にあてた。

「七度五分か。起きたらもっと上がるんじゃないかな。出勤しても追い払われるぞ」

「…誰のせいだと」

「俺のせいにしてもいいけど、それ云える？」

感染症による発熱ではないので患者や同僚にうつす心配はないのだが、だからといって番になったことが原因の一時的な発熱だと説明できるはずもない。

「云えるわけない」

ぶすっと口を尖らせた佑都に微笑んで見せると、彼の額にちゅっとキスをした。

「悪かったな、計画性なくて」

「……」

「今もなかなか美味そうな匂いしてるよ？　あんま、挑発しないでくれよ」

にやっと笑うと、裸のまま部屋を出ていった。

いつ見ても、惚れ惚れするほどのスタイルだ。あの男に抱かれたのだと思うだけで、身体が熱くなってくる。

「バカ。なに考えてんだよ」

一人で赤くなって自分のバッグを探す。そしていつものピルを飲んでおく。

噛まれた痕が気になってそっと首筋を指で触れてみると、ぴりっとした小さな痛みが走った。

「どうなってるんだろう」

好奇心で、噛まれたところをスマホで写してみる。

「げ、意外に目立つ…」

くっきりと残った明らかな歯形に、ぞくんと全身が震えた。

あのときの、切羽詰まった藤崎の声が耳に残っている。それは愛してるでもなければ、好きだでもない。ただ、生涯俺のものでいろ、というだけの言葉だ。

藤崎らしい。じわっと悦《よろこ》びが広がってくる。

本当に彼のものになったんだ…。

藤崎はシャワーを浴び終えると、主に自分のために朝食を作った。

昨晩食べ損ねた分も食べる勢いなのか、朝から有名レストラン監修の冷凍ハンバーグを優秀なグリルオーブンに焼かせて、ローストビーフをたっぷり入れたサラダを作って、朝食とは思えないラインナップだった。

佑都は熱はあって身体がだるくはあったが、それでも起き上がれないほどではなく、藤崎のジャージを借りて、テーブルに着いた。

「…俺はサラダだけで…」

「そ？　残った分は冷蔵庫入れとくから、昼にでも食べるといいよ」

そう云って、搾ったばかりのグレープフルーツジュースをテーブルに置いた。

「まだ時間あるから、ゆっくり喰える」

「…朝からよく食べられるね」

「そりゃ、昨日は夕食抜きで激しめの運動したから…」

ニヤニヤ笑って、ジュースを飲み干す。

「…さっき云ってたけど、術後管理、もういいのか？」

「ああ。再手術もうまくいったから、やっと内科にバトンタッチできた。いつ急変するかわからなかったから、なかなか内科に任せられなくて…」

「藤崎がオペやったの？」

「残念ながら執刀医は佐藤先生だよ。どっかの代議士の身内らしくて、佐藤先生も断れないみたいね。俺は第二助手で、どっちかというと術後管理がメイン。ま、前の病院じゃそれが当たり前だったから慣れてるけど」

どうやら藤崎が連絡してこなかったのは、仕事のせいだったようだ。

藤崎は旺盛な食欲で料理を胃に収めていくと、一息ついた。

「前に俺が佑都に他人に興味がないヤツだって云ったときに、自分もそうだろみたいなこと云ったの、覚えてる？」

ああと返しながら、佑都と名前で呼ばれたことが、今更のように恥ずかしくなってつい俯《うつむ》いてしまう。

「…それで看護師にめちゃ責められたけど」

「そうそう。けどあれ、当たってるんだよな。見透かされたみたいな気がして、ちょっと焦ったけど」

サラダをつついていた佑都の手が止まった。

「ぶっちゃけ、そういうとこあるんだよな。興味ないっていうか、わりとどうでもいいって云うか。だから付き合う相手にもそんな執着心ないし、面倒臭くない相手がよかったり」

なかなかにひどいことを爽やかそうに云う。

「セックスは好きだけど、人にはそんな興味ない。だから、漠然と他人と暮らすのは無理だと思ってたし、生涯独身のつもりでいたんだよな」

「……」

「人との付き合い自体は特に嫌いなわけじゃないから、友達と騒いだりとかは適当に合わせられるけど、自分のテリトリーに人が入ってくるのは避けたい。この部屋に人を呼ぶことはないし、そういうのは学生のころからそう」

ああ、やっぱりそうだったんだと佑都は思った。

「…けど、そんなこと誰かから云われたことなかったよ」

「あんた、外面《そとづら》いいもんな」

「まあ、そうかも。人と揉めることすら煩わしかったし。けど、バレてるとは思わなかったな。なんでそう思った？」

「なんでって…。適当に話合わせてるけど、見えない線を引いてるっていうか。そっから先には入って来させない感じが…」

「なるほど。よく見てるな」

藤崎の目からおもしろがるような色が消えた。

佑都は少し躊躇いつつも、高校時代の思いを口にしたいと思った。彼に知ってほしいと。

「…見てたよ、ずっと」

藤崎の視線がまっすぐすぎて、苦しくて視線を外してしまう。それでも佑都は続けた。

「…俺が他人に興味なさそうに見えたのは否定しない。特に高校のころはそんな余裕はなかった。けど、それでもあんたのことだけは見てた」

「……」

「見てたけど、見てたと思われたくなくて、そっぽ向いたりしてた」

「なにそれ、可愛い…」

藤崎の顔が優しく緩んで、フォークを持つ佑都の手を握った。

「そっか…。俺のこと見てたんだ」

佑都は握られた手を引っ込めることもできずに、そこに意識が集中してしまうのをどうにもできずに、どぎまぎしていた。

「けど、なんであのときは何もなかったんだろう」

「…たぶんだけど、発情ってのをしたことなかったんだよ。ついこの前まで」

「発情期がないってこと?」

「じゃなくて、発情期は検査でわかる。だから周期もわかってる。ただずっとピルを飲んでるせいで発情しない。普通はピルを飲んでいても、アルファといるとある程度は反応しちゃうらしいけど、俺にはそれがなかった」

「……」

「ついでに云えば、発情期じゃないときに俺が反応したのはあんたのせいだと思う」

「…は？」

「あんたの体臭っていうかフェロモンなのかは知らないけど、それに反応したみたい」

「ほんとに？」

「だからって、べつにあんたのせいにするつもりじゃ…」

佑都がフォローするより先に、藤崎は掴んでいた手を強く引き寄せると、テーブルを乗り出して口づけた。

「ちょ……」

「もっと早く云えよ。それって、俺が佑都の相手だって動かぬ証拠じゃないか」

すっきりと納得した顔で微笑んだ。

「なんで佑都のことが気になるのか、他のアルファがあんたをかまうとむかつくのか。他の奴といるだけで嫉妬しちゃうのか。自分でもよくわからなかったけど、今はっきりわかった。番だからなんだな」

藤崎は納得して、テーブルの上のものを片付け始める。しかし佑都はその云い方が引っ掛かった。

「…それは自分の意思じゃないってことか？」

アルファだからオメガのフェロモンには逆らえないから仕方ないと云われたときのように感じた。自分の意思じゃなくて、フェロモンのせいだから。それと同じで、自分の意思とは違うと云われているような気がしたのだ。

「なんか気に入らない？」

「…俺は番とか関係なく、あんたに惹かれてた」

どことなく寂しそうな佑都に、藤崎の目が細められる。

「それだって、本能的なもんじゃないの？」

「え…」

「自分の意思なんて、そのときの空気とか思い込みとか、そういうもんでいくらでも変わるって俺は思ってる。けど本能はもっとストレートだろ。否応《いやおう》なくってヤツだよ。否応なく引き合って、気になって、惹かれて、他は考えられなくなる」

「……」

「で、気づくんだ。他じゃダメだって」

射抜くような目で見る。

「そういうときに一番相応しい言葉を充てるなら…。愛してる、ってとこかな？」

ああそれだ。佑都はその言葉が欲しかったのだ。

誰からも云われたことがなかった言葉に、佑都は不覚にも涙を零してしまう。

「意外にロマンチストだな」

佑都の目から溢れる涙を指で掬《すく》うと、彼の頬にキスをした。

「感情が後からくるのが気に入らない？」

佑都は小さく首を振る。生涯を誰かと共にするつもりがないと云った藤崎が、生涯自分のものでいろと云った意味に、ようやく気づいたのだ。それは佑都だけは藤崎のテリトリーに入っていいという意味でもある。

これまで藤崎が誰に対してもそういう気持ちになれなかったのは、そのずっと前からその居場所は佑都のためのものだと決まっていたからだ。

「あんたを好きになったのはきっと本能的なものだけど、だからこそ気持ちが変わることはないんだよ。わかる？」

藤崎の割り切りのいい考え方が、佑都にも気持ちよく受け入れられた。

「…うん」

「ていうかさ、あんたは俺に云わせておいて、自分は云わないの？」

覗き込むように佑都を見る。云われてみればそのとおりだ。

佑都は慌てて顔を上げて、しかしどこかおもしろがる藤崎の目に思わず顔を逸らしてしまう。

「…好きだよ、ずっと」

そう云って、でも恥ずかしくてぷいと横を向く。

「え、軽くない？」

「か、軽いわけないだろ。こっちは絶対に叶うことないって思って…」

くすくす笑いながら、藤崎が顔を近づけてくる。

「それじゃあ、ちゃんと云えよ」

意地悪そうな目が、それでも優しい。

「あ、愛してる」

「俺も」

藤崎の唇が、佑都の唇を吸う。舌が絡み合って、佑都は夢中になって応じた。

「ちくしょう、このままヤりたい」

悔しそうに囁く。それだけで佑都はぞくんと震えた。

微熱のせいか、フェロモンが漏れ出てしまう。

「…やっちゃう?」

「や、でも時間が…」

「今日のオペは午後からだから、少しくらいなら遅刻しても」

「それはまずいんじゃ…」

「だったら、そのエロいフェロモンなんとかしてよ」

「そんなこと云われても…」

藤崎は躊躇する佑都に再び口づけて、いっぱいにフェロモンを吸い込んだ。

「あ、やっぱ無理、我慢できん…」

藤崎は佑都をソファに連れて行く。

「熱、あるのに…」

そう云いながらも、佑都も特に抵抗しない。

「優しくするから…」

あーこれは、悪い男がよく云うヤツ。

藤崎は、ぶかぶかのジャージを膝まで下ろした。

「もう、こんなに濡らしておいて…」

指でくちゅくちゅと弄る。

仕方ないじゃない。だって発情期なんだもん。

佑都の目が拗ねたようにそう云っている。

「可愛いな、おい…」

引き込まれるように、口づける。

昨夜あんなにやったのに、既に自分の股間は既に勃起しかけている。佑都のそこも疼いてはいるものの、腫《は》れているのとは違う。短い発情期に何度抱かれてもいいように、オメガの身体はすぐにダメージを癒してしまう。

藤崎は充分に準備のできた佑都のそこに、自分のものを潜り込ませた。

自分の下で喘ぐ佑都が、また溶け出す。

昨夜のように、妖艶な自分の番に、藤崎は激しく腰を突き入れる。

やがて、彼らはすべてを解放させて、ひとつになった。


迅に噛まれた痕は暫く腫れていたが、一週間もたつと腫れも引いて、ひと月たった今は気を付けて見ないとわからないくらいに痕は小さくなっている。

迅が云うには、文献を調べ上げて痕が残りにくい噛み方を実践したらしい。あの最中によく冷静になれるなと感心する。佑都は噛まれるまでのことは殆ど覚えていない。そんなことを考えながら、シャツのボタンを上まで留めた。

「準備できた？」

部屋に入ってきた迅はスーツを着ていて、一瞬見惚れるくらいにはカッコいい。長身で細身だが筋肉質で、肩幅がしっかりあって首が長いから、スーツが似合わないはずがない。

佑都がネクタイに手を伸ばすより先に迅がそれを取ると、彼の前に回って首にかけた。

「緊張してる？」

「…してる」

迅はくすっと笑うと、器用な手付きで佑都のネクタイを結んでやる。

「ほら、よく似合ってる」

佑都のスーツは、迅の母の会社のものを佑都が自分で購入したものだ。かっちりしたビジネススーツではなく、少しくだけたラフなデザインだ。

実家の親に挨拶というわけではなく、ちょっと遊びに行くという体《てい》なので、あまりフォーマル過ぎない方がいいと云う迅の助言でこれに決めた。迅は佑都に合わせて、実家に顔を出すだけなのに自分もスーツを着てくれている。

「母は可愛い系男子が好きだから、きっと佑都のこと気に入るよ」

「そんなわけ…」

「大丈夫」

迅はにこっと笑うと、ネクタイの結び目をくいと直す。

「むしろ、佑都がうちの母を気に入るかの方が問題。ちょっと天然なとこがある人だから…きっと芸術家肌なんだろうと佑都は思った。そういう人と会うことが殆どないので、更に不安が募る。

「父も小児科医なら大歓迎と云ってたよ」

「…それ、求人募集と勘違いしてない？」

「あの人はその程度しか自分の息子には関心ない人だから」

迅は肩を竦めると、ふっと笑って佑都の唇に軽くキスをした。

「まあこんなに綺麗な相手連れてきたってだけで喜びそうだけど」

その言葉に、佑都は僅かに眉を寄せてしまう。これまでそういう扱いをされたことがなく、佑都は完全に戸惑っているのだ。

迅の番になってから、佑都の美貌はまさに花開いたと云っていい。微笑むだけでキラキラして見えるほどで、それは特にアルファを惹きつけた。

アルファの番になると、オメガは他のアルファには反応しなくなるし、アルファを惹きつけるフェロモンも番以外のアルファには効果がなくなると云われている。しかし佑都の場合は元から迅以外のアルファには何の反応もしなかったし、彼と番になってからはオメガのフェロモンではなく存在じたいがアルファを惹きつけるようだ。

佑都自身は自分がそれほど変わったとは意識してなかったので、アルファから声をかけられる機会が増えたことに戸惑っていた。そしてそれ以上に、最近やたら綺麗だの可愛いだのと迅に云われることにも慣れないでいた。

「とりあえず、一度会っておけばうるさく云ってこないから」

「…うん」

「悪いな、せっかくの休みなのに」

「…や、俺が勝手に緊張してるだけだから。紹介してもらえるのは嬉しいよ…」

迅に謝罪させてしまって申し訳ない気にはなるものの、やはりこれまで味わったことのない緊張で胃がキリキリしてくる。

二人は地下の駐車場まで降りて、通勤用のコンパクトカーの隣りに止めてあるツーシーターのメルセデスに乗り込んだ。ボディは品のあるベージュローゼにカスタムされ、高級感半端ない。佑都も何度か乗せてもらったが、何とも贅沢な乗り心地なのだ。

「そういえばさ、綾瀬さんって俺らのこと気づいてるっぽい？」

暫く走ると、迅は急に思い出したように云った。

「え？　や、そんなことないだろ。気づいてたら、絶対に何か云ってくるはずだし」

「そっか。なんかさ、俺に佑都のこといろいろ教えてくれるんだよね」

佑都は、綾瀬がいったい何を話してるのか、ちょっと不安になった。

「教えるって何を……」

「ちょっと前に書いた論文の出来がすごくよくて、学会で発表しろって勧めてるとか」

「大袈裟なんだよ、あの人…」

「先輩に褒められてんだから素直に喜べばいいと思うよ。ただ、俺は反応に困ったけど…」

佑都はつい苦笑してしまう。もしかして敏い綾瀬のことだから、何か気づいているのかもしれない。

「その治療を試してる子、今村多恵子ちゃんって云うんだけど、その子の母親がちょっと苦手だったんだ、すぐに突っかかってこられてさ」

「あー、もしかして中庭で怒鳴ってた？」

「そう、あのときの。それが最近、急に態度が変わって妙に丁寧になって。治療がうまくいってるせいかなと思ってたんだけど、こないだ父親の方が付き添ってて少し話したら、どうも夫婦でいろいろ話し合ってくれたみたい。ストレスもあって俺にも失礼なことを云ったんじゃないかって謝られてさ」

「へえ。よかったじゃん？」

迅は運転しながら、ちらっと

「まあ母親からは何も云われてないんだけどね」

「そっか。けど、態度変えてくれたんなら…」

「うん。俺もべつに謝ってもらわなくても、不満をぶつけられなくなるだけで充分だし」

「そうそう」

「なんかさ、家でも苛々してて医者の悪口ばっかり云うようになってきて、ちょっとまずいなと思ったって。それで仕事減らして、奥さんといる時間を長くするようにしたら、ちょっとずつ落ち着いてきたみたい。良かったよ」

「まあ、ぶつけられる医者としては、もっと早く夫婦で話し合ってくれって感じだけど」

迅の言葉に、佑都は小さく頷いた。それでも、我が子が入退院を繰り返す状態というのは、親にとっては相当なストレスだろうとは思うので、仕方ないとも思っていた。

「大変だよな、小児科医って」

「外科医だって、オペしても助からないときに、怒鳴られたりすることあるだろ?」

「あるともさ。リスクの説明はしてるけど、そういう相手にかぎって聞いちゃいねえしな」

迅はバックミラーで後続車を確認する。

「どうすんの、そういうとき…」

「まあ、淡々と事実を説明するだけだな」

「それしかないか…」

お互いの仕事の話をしていると、これから実家に行くことを忘れかけて、緊張もさっきほどではなくなっている。が、車が閑静な住宅街に入り込んで、いよいよ目的地が近くなってきたことに気づくと、佑都の口数が減っていった。

迅がその一角に車を停めたときは、既に佑都の顔は強張っていた。

「佑都? なんか固まってないか?」

「…帰りたい。お腹痛い…」

緊張でガチガチの佑都は泣き言を呟《つぶや》く。それを見て迅は思わず笑った。

「それ、小児科に来る子どもみたいだね」

「……」

「リラックス、リラックス」

迅は佑都の頭をぽんぽんと叩いて、先に車を降りた。

インターホンを鳴らすと、迅が「みさきさん」と呼ぶ家政婦が彼らを招き入れた。すぐに迅の母が姿を見せる。高身長で派手めな美貌の女性に、佑都は一瞬身構えた。が、その女性は顔を崩して笑った。

「いらっしゃい。お会いできて嬉しいわあ」

「は、初めまして…。朝香佑都です」

母はふわっと佑都を抱くと、ヨーロッパ式のハグをした。佑都はドギマギしながら、何とか返す。

「実はパパがまだ帰ってないのよ。今出張中でね。お昼には帰ってこられるはずだったんだけど、どうも帰れそうにないってさっき連絡があって…。ごめんなさいね」

迅と佑都を交互に見ながら詫びた。

「ああ、まあそんなことだろうと思ったけど…」

迅が苦笑して返すと、母の背後からわらわらと人が出てきた。

「こんにちはー。彼が迅くんの？　可愛い人ね」

「確かに。可愛いっていうか綺麗？　キラキラしてるじゃん」

「小児科医だって？　子どもにモテそう」

なんなの、この人たち、なんなの。ていうか、キラキラとか子供にモテそうとか、誰のこと？　貴方たちの方がよほどキラキラしてるんですけど…。

佑都が目を白黒させていると、迅が間に入った。

「…あんたら、何しに来てんの？」

「何って、迅が婚約者連れてくるって云うから…」

「うちのパパも報告待ってるし。写真いい？」

迅は呆れたようにそれを制した。

「いいわけないだろ。ていうか、なんで今日のことを…」

迅の視線が母に向く。

「あ、そうなの。ちょうど迅くんからライン来たときにけいちゃんが来てたから、つい云っちゃったのね。シュンちゃんがお熱出して、みさきさんに保育園まで迎えに行ってもらったのを引き取りに来たときで…」

けいちゃんは迅の姉で、シュンちゃんは彼女の息子だ。

「迅くん！」

そのシュンちゃんが、迅に突進する。

「シュンちゃんは迅がお気に入りなのよねー」

姉に云われて、迅は苦笑しながらシュンを抱き上げた。

「まあそれで、私からナオキにメールして…」

「ナオキはともかく、なんでまあちゃんも？」

「まあちゃんは職場一緒だもん。そりゃ話すよ」

まあちゃんは従兄で、姉と従兄は藤崎病院の内科医だった。

そして弟のナオキは、大学病院で前期研修中の身だ。

「顔も見られたことだし、俺そろそろ行くね」

リュックを担いでナオキが立ち上がった。

「え、もう？　今日お休みじゃないの？」

「研修医にお休みはないのよ。どこもそう」

姉が母に返す。子どもたちは三人とも医大に入ってから実家を出ているので、母は研修医の忙しさをあまり把握していないのだ。

「佑都さん、これからもよろしくね」

迅よりは少し低いもののやはり長身のナオキが握手を求める。佑都は慌てて握り返した。

「こちらこそ」

「一緒に、写真いいですか？」

スマホを見せると、返事も聞かずに佑都の肩を抱いて素早くシャッターを押す。

「おい、ナオキ……」

迅がむっとするのを見て、ナオキはニヤニヤ笑いながら部屋を後にした。

「ごめんな。騒がしくて」

迅はため息をつくと、佑都に耳打ちする。

佑都は慌てて首を振った。面食らったけど、なんか楽しそうで緊張が少し和らぐ。何より片手で軽々とシュンを抱いている迅が妙にハマっていて、どぎまぎしてしまう。

「ほらほら、こんなところで立ち話はないでしょ。今日はみさきさん特製のケーキを用意してるから」

「ケーキ！　やったあ」

「やったあ」

迅の母の言葉に、シュンや従兄の二人の姉妹が大喜びする。

「佑都さん、うちのスーツを選んでくださったのね。嬉しいわあ。すごくよくお似合い」

「あ、ありがとうございます」

彼女は目を細めて、佑都を部屋に案内した。

迅がシュンを抱いたままソファに座って、佑都もその隣りに座る。すると、まあちゃんの二人の娘たちも迅の隣りに座って、ちらちらと佑都の様子を窺う。

佑都はどう反応していいのかわからず落ち着かないでいたら、それを察知した迅が二人に話しかけてくれた。

「どした？」

二人は顔を見合わせてこそこそと相談していたが、姉の方が口を開いた。

「その人、迅くんのお嫁さん？」

佑都は表情が強張ったまま固まってしまったが、姉や従兄は爆笑している。

それを見て、迅は従兄に冷たい視線を向けた。

「あーごめんごめん。子どもたちが婚約者って難しくて云えないから、お嫁さんのことだって云っちゃったんだよね」

「雑すぎるだろ…」

迅は呆れたように返すと、子どもたちに向き直った。

「あのねえ、佑都は男だからお嫁さんとはちょっと違って…」

それを聞いた二人の顔がぱっと晴れた。

「やっぱり！　おかしいと思った」

「綺麗だけど女の人じゃないよね、って」

少女たちの素朴な疑問に、大人たちは微笑む。

「あの、佑都…くんって、呼んでいい？」

姉の方が佑都をちらっと見る。

「あ、うん。好きに呼んでくれたら…」

佑都が慌てて返すと、少女たちは恥ずかしそうに笑った。

「あやみです。アヤちゃんって呼ばれてるの。佑都くんもアヤちゃんって呼んでください。妹はかなこで…」

「カナちゃんです。佑都くん、アイドルみたいー。カッコいい…」

イケメン揃いの親族がいる中で二人の少女に褒められて、佑都は真っ赤になった。

「あのね、あのね、そっち座っていい？」

二人はお互いに顔を見合わせながら佑都に聞く。

「え、あ、どうぞ」

自分の横に置かれてるクッションをどけると、少女たちは席を移動して、佑都にぴったりとくっついて座った。

「佑都くん、いくつですか？」

年齢を聞かれて、佑都はしどろもどろになりながら返す。

迅の膝の上に座るシュンも佑都をガン見している。

佑都はこの成り行きにかなり焦っていた。子どもの扱いはそれなりに慣れているつもりでいたが、今日はまるで勝手が違う。

「モテモテだねえ」

二人の父親がニヤニヤして佑都を見る。それも佑都にとってはプレッシャーだ。

「佑都くんは、二人のお気に入りのアイドルに似てるんだよね」

二人は頷くと、アイドルの写真を見せてくれる。

「でも、佑都くんのが綺麗だよ」

「いやいや、そんなことは…」

「お歌、歌える？　ダンスとかも…？」

「いや、無理無理」

佑都はぶんぶんと首を振って否定する。

「アヤちゃん、佑都くんはお医者さんなんだよ」

父親の言葉に、姉妹は心底驚いたらしかった。

「お医者さん？　佑都くんも？」

「なんで？」

なんでと云われてましても…。

答えに窮する佑都を見て、大人たちは更に目を細めた。

小さい姉妹のおかげで佑都の緊張はすっかり和らいだ。そうしているあいだにも、子どもを言い訳に大人たちが佑都の写真を撮る。

それはそれで戸惑うが、それほど居心地は悪くなかった。

何となく、認めてもらえてる？　そう思うことで少しほっとしていた。自分のせいで迅が何か悪く云われたら辛いなと思っていたから。

そんな心配は杞憂に終わり、はしゃぎすぎていつの間にかシュンが眠ってしまったのをキッカケに、迅は暇を告げた。

「あら、お夕食くらい一緒にしていってよ」

母が引き留めてくれたが、それでも迅は佑都の負担を考えて断ってくれた。

「いや、明日の準備もあるから。また来るよ」

佑都は申し訳ないなと思いつつも、どこかでほっとしていた。

アルファばかりに囲まれると、そのオーラだけで疲れてしまう。中庭のある立派な実家にも充分気後れしているし、親切な人たちなのはわかるが、これまで佑都がいた環境とは違い過ぎる。慣れるにはまだまだ時間がかかりそうだ。

そんな佑都に、迅の母は帰り際も柔らかくハグをして、小さく耳打ちした。

「貴方たちがどういう形で一緒に人生を過ごすのかは貴方たちの好きにすればいいのよ。それとは関係なく、貴方は私たちの家族よ。よく覚えておいて」

佑都は不覚にも涙が込み上げてきて、それを必死で堪えた。

「迅くんに意地悪されたらいつでも連絡して」

悪戯っぽく笑ってみせる。

「あ、ありがとうございます」

それを見ていた迅は苦笑しつつも、自分も母と軽くハグをする。

二人が部屋を出ようとすると、小さい姉妹たちが駆け寄ってきた。

「迅くんち行きたい」

「へ？　なんで？」

「だって、もっと佑都くんとお話したい」

可愛いおねだりに、さすがの迅も弱ったなという顔をしてしまう。

「うちきても、佑都はうちには住んでないよ？」

それを聞いて、二人の姉妹はショックを受けた。

「え、それじゃあ佑都くんどこ住んでるの？」

「佑都くんち行きたい…」

すがるような目で見られて、佑都も困ってしまう。

「や、うちは狭くて。びっくりするくらい狭いから…」

お嬢様たちを迎えるような部屋ではないことは間違いない。

「きみら、とっくに一緒に住んでるのかと思ってた」

従兄が口を挟む。

「まあそのうちにね。今はまだ佑都が内緒にしてたいんだって」

「あー、そうなの」

呑気に答える父親に、姉妹たちは絶望的な顔になった。

「もっとお話したい。佑都くん、帰らないで」

「帰らないで」

泣きそうになる娘たちに、まずいと思った父は慌てて云った。

「あー、二人ともお仕事あるからさ。迅くんたち、まだ修行中なんだよ」

「修行？」

「お勉強することだよ。パパみたいになるまでにはまだ修行が必要なんだ」

娘たちの前でマウントをとろうとする従兄に、迅は生温かい目を向ける。が、姉妹たちはとりあえずそれで納得してくれたようだ。

「それじゃあ、修行が終わったら遊びに行ってもいい？」

修行って何を指すんだろうと思いつつも、佑都は曖昧に頷く。

「そうそう、再来月あやちゃんの誕生日でしょ。お誕生日会やるから、うちに来てもらったらいいよ」

「ほんと？」

姉妹の顔がぱっと晴れた。

「ああ、いいねえ。二人で伺うよ」

迅は適当なことを云って話を打ち切ると、そそくさと実家を後にした。


「悪かったな。あいつら来てるとは思わなかったから…。しかも親父はいねえし」

「いや。楽しかったよ。お母さんも、素敵な人だった」

「そう云ってもらえると…」

微笑みつつ、迅は車を出した。

「でも誕生日会は…」

「ああ、適当にプレゼントだけ贈っておけばいいよ。修業がまだ終わりませんって」

わりと薄情な迅に、佑都は苦笑する。

「けど、可愛かったね。あんなに慕われたことないから…」

「いや、俺には予想できたことだけどね」

「よく云う。これまで子どもに慕われることなんてなかったよ」

「それは白衣を着たお医者さんってバイアスがかかってるからじゃね？　それに今後は患者がアルファだったら、さっきみたいなことが起こるかもね」

「そんなことは…」

云いかけて、佑都はふと何かを思い出した。

「どうした？　既に覚えがある？」

「…気のせいだと思うけど」

ここ最近、妙に患児に懐かれるなと思ったことが何度かあったが…。

「ほらね。まあ子どもだけじゃないけどな。ナオキだって、わざわざ自分から一緒に写真撮るようなヤツじゃないから」

「え、そうなの？」

迅の姉とアドレスを交換したら、彼女は佑都の承諾を取るなり弟にも速攻で教えたらしく、少し前にナオキから一緒に撮った写真が送られてきたばかりだった。

「あいつ、年上好きで手が早いんだよ。油断できない」

佑都は考えすぎだと思ったが、迅の考えは違うようだ。

「あんた自身が評価しなくても、あんたはアルファから見れば魅力的なんだよ。それは自惚れとかじゃなくて、事実として把握しておくべきだと思う。症状がなくても、検査の数値が要注意だったら予防するのと同じで」

そういう云い方をされると、納得せざるを得ない。

「…わかった。気を付けるよ」

「うん。そうしてくれ。でないと、俺も心配だし」

佑都は思わず俯いてしまった。心配されたことが嬉しいような、けどそう思うことが申し訳ない、そんな気持ちになったのだ。

「ちょっとドライヴして帰ろうぜ」

迅は車を高速に乗せて、軽くアクセルを煽った。

「そうそう、繭子ちゃんにも俺のこと紹介してよ？」

「あ、それはもちろん」

妹には少し前に二人で撮った写真を送って報告はしたのだが、それを見た彼女は予想以上に興奮していたのだ。

『めちゃカッコいい！　こんなイケメン見たことない！　え、外科医？　実家が病院？　玉の輿じゃん！　佑都すごい！』

みたいな反応で、会わすのはちょっと躊躇しないでもないが、母のことも妹のことも迅にはある程度は説明済みで、彼は佑都のたった一人の身内として尊重してくれている。

いろんなことが目まぐるしく変わっていく。これから自分たちはどうなっていくんだろう、そんなことを漠然と考えながら、佑都は窓の外の景色を眺めていた。

「さっきも思ったんだけど、やっぱさ、一緒に住まない？」

迅の言葉に、佑都は視線を彼に向けた。

「実は手ごろな物件紹介してもらっててさ。佑都が住所移したくないなら、今の部屋キープしたままでもいいし」

佑都が同棲を躊躇しているのは、職場の誰かに自分たちの関係を知られたくないからだ。

藤崎迅の相手が自分で、自分がオメガで、自分らは番の関係でとか、そういうプライバシーを職場に知られたくなかった。

自分が藤崎迅の相手として相応しいとか相応しくないとか。自分がオメガであるとか、そのオメガがアルファを誘惑しただの何だの、これまで自分のことを気にも留めていない人たちから奇異な目で見られるかもしれないことは避けたかったのだ。

とはいえ、ずっと内緒にし続けることは無理があるから、一、二年のうちに同系列の別の病院に転職することを考えていた。そこでは最初から既婚のオメガとして働くつもりだ。それなら、自分の相手が藤崎迅だとかは関係なくなるし、迅がやたら心配する他のアルファを牽制することもできる。

なので、それまでは公表はしないことを迅も理解してくれた。

「内緒にしてるうちは毎日一緒にランチするわけにもいかないし、通勤を一緒にするわけにもいかないだろ？　このところ、お互いやたら忙しくて帰るのも遅いし。このままだとせっかく同じ病院でも、すれ違いになっちゃうよ？」

「そうなんだけど…」

小児科では立て続けに二人の医師がやめてしまった。それで否応なく一人あたりの分担が増えて、当直の回数も当然のことのように増えた。補充が決まるまでは暫くこの状況が続きそうなのだ。補充が決まるまでは、一緒に暮らしでもしない限り会う時間を捻出するのも難しくなりそうだ。

「…ちょっと考えてみる」

佑都がぼそっと返すと、迅はにこっと笑ってナビに目を走らせる。

暫くして、高層マンションが立ち並ぶ一角に車は止まった。

「なに？」

「さっき云った物件。見るだけ見てみない？」

ウインクを寄越して、車を降りる。

佑都はまんまとのせられた気がしないでもなかったが、それでも大人しく付いていった。迅の言い分は尤《もっと》もだと思ったからだ。

レセプションには既に連絡がいっていて、迅のＩＤを確認するとコンシェルジュが部屋まで案内してくれた。

「終わられたらこちらのインターホンでおしらせください」

コンシェルジュは二人を残して、部屋を出ていった。

景観は申し分なく、部屋も一つ一つのスペースが広く、リビングダイニングの他に四部屋もある。

「今の俺の部屋より広いし、駅にも近い。セキュリティもしっかりしてるしね。悪くないと思うんだけど」

「そりゃ悪いわけはないけど…」

自分が住む場所としては、あまりにも非現実的でうまくイメージできないのだ。

「実はここ叔母の持ち物なんだ。ちょっと前に離婚して、自分で住むつもりで建設前に購入したんだけど、引っ越す前に再婚が決まっちゃってさ。旦那の豪邸に暮らすことになったけど、せっかくの良物件だから手放すのはもったいないから、誰か住まない？　って、俺にも話が回ってきたってわけ。家賃は管理費含めて今のとこと同じでいいけど、もし自分がまた離婚することになったときは退去してねってことで」

「…現実的だな」

「そういう人なんだ。結婚も今回が三回目だし。離婚するたびに資産が増えていくタイプ。自分でもがっちり稼いでるけどね」

なんか凄い叔母さんだなと感心しつつも、佑都はその家賃が気になった。迅の今のマンションの家賃がいくらくらいなのか佑都には見当もつかないが、どっちにしても自分には分不相応なのには違いない。

「云っておくけど、借りるのは俺だから。佑都が家賃の心配をする必要はないよ」

佑都の考えを見透かしたように、迅は先手を打った。

「そういうわけには…」

「これは俺の我がままだから。今のままでいいって云う佑都に譲ってもらうんだから、俺が負担するのは当然でしょ？」

「それは…」

「佑都は他人を頼るのが苦手なんだよな。これまで全部自分の力で乗り越えてきたもんな。けど、そんなあんただから頼ってほしいんだ」

迅は佑都の顔を愛しそうに眺める。

「…迅……」

「ここが気に入らないなら、違うとこ探したっていいし…」

「気に入らないわけじゃないよ」

「ほんと？　それじゃあさ、とりあえず一緒に暮らしてみようよ。今のとこそのままにしとけば、ときどきそっちに戻るとかもありだし。半同棲、みたいな？」

そこまで云われて、佑都でも嫌とは云えなくなってしまう。

それに、自分だって彼と一緒に居たいのだ。

「悪くないだろ？」

「…うん」

躊躇いがちに返すと、迅の顔がぱっと晴れた。

「ほんとに？」

佑都はゆっくりと頷いた。

わかってたのだ。迅と付き合うということは、自分の世界が変わってしまうということだってことは。

不安はたくさんあるけど、でもそれを受け入れたいと思っている。

そうやって、彼と同じ人生を歩みたいのだ。

「うん。迅と一緒に暮らし…」

云い終わらないうちに、迅がぎゅっと佑都を抱きしめた。

「良かったー。これで断られたらどうしようって思ってた」

佑都の髪をくしゃくしゃにして、そのままちゅっと頭にキスをする。

「なんか凄い楽しみになってきた。ずっと誰かと暮らすのは面倒だって思ってきたから、自分でも不思議なんだけど」

「…うん」

佑都も同じ気持ちだった。

迅の部屋に泊まって一緒に過ごしても、それは生活とは違う。

これからは、彼と生活を共にするのだ。

それには不安がないわけじゃない。というのも、佑都は本当の意味での家庭というものを知らずに育ったからだ。親が俺の役目を果たさず、未成年の自分が妹の面倒を見ることで何とか成り立っている家族。そんな家庭しか知らない。

そのことで迅に迷惑をかけはしないかと、そういう不安は確かにある。

けど、そんなことでくよくよ悩んでいても仕方ないのではないか。

「さっき、佑都があの子たちと遊んでやってるのを見て、子ども育てるのも悪くないなって思ったし」

「え……」

ぞくんと、魂が震える。

「もちろん、佑都の意思を尊重するけどね。何が何でもって思ってるわけじゃないし」

「…迅は子どもはほしくないんだと思ってた」

「まあそうだったんだけど。佑都と俺の子なら話は別かな」

それを聞いて、シュンを抱いた迅を見たときにどきどきした意味に思い至った。

「それ、俺も同じこと思ってた。自分の子が欲しいと思ったことないんだけど、迅の子なら話は別かも」

「マジかよ」

迅は悦びを噛みしめるように小さく頭を振って、佑都の顎に指をかけて持ち上げる。そしてキスを待つ佑都の唇に、情熱的に口づけた。

なんだろう、この幸福感。

幸せすぎて涙が溢れてしまいそうになる。

ずっと不安だった。先が見えない生活で、不安を感じない日はなかった。

自分に生活力ができてから不安は小さくなりつつあったけど、漠然とした不安はそれでも完全に消えることはなかった。

「愛してるよ」

「…俺も」

口にするだけで満たされる。

同時にずっと佑都の中に巣くっていた不安が、霧散した。

抱き合うたびに、前よりももっと好きになる。佑都だけでなく、それは迅も同じように思っていた。

迅にとってセックスとは、お互いが楽しめればそれで充分で、相手も割り切りがよくて、執着したり深追いしないことが最善だと思ってきた。十年も自分のことを好きでいてくれた相手なんか、重すぎてこれまでだったらそれだけで引いていただろう。なのにそれが佑都だと、そのことも愛しく感じてしまうのだ。

好きな相手とのセックスが、これほどいいとは。

不慣れな佑都が、夢中になって自分にしがみついてくるのが、震えるほど可愛い。

自分しか知らない彼を、隅々まで開発したい。そんなことを考えてしまう相手が現れるなんて、今でも感慨深い。

「こんなこと、本当にあるんだな」

迅はそう云うと、佑都にキスをしながらネクタイを解く。

「なんの、こと…？」

唇が離れると、やや掠れた声で返す。

「んー？　自分のことなんてわからないもんだなと思って…」

自分のネクタイを緩めると、佑都をベッドに押し倒した。

「自分が恋に溺れるとはね」

「え……」

迅がそんなことを云うとは思わなくて、佑都はどきどきしてきた。

「あんたを誰にも渡したくないんだ」

ストレートな言葉に、佑都は真っ赤になった。

「そういうとこがさ、もうたまんない。あんたも、俺に溺れて？」

そんな痛い台詞がカッコよく決まるなんて、ずるい…。

佑都には迅の考えていることなどわからなかったが、それでもじっと見つめられると、目を伏せてしまう。

本能的に惹かれあったのだと云われたときは何か違和感があったが、今はもう迅の言葉がすんなりと受け入れられる。彼が自分の半身であることは、疑いようがないのだ。

高二のときに一目惚れした藤崎迅は、間違いなく自分の番なのだ。

「迅……」

掠れる声で名前を呼んでみる。

迅はうっすらと笑うと、キスをした。

自分の指に迅の指がからまってきて、佑都はそれをきゅっと握った。

三十年近く、人の温もりを知らずにきた。物心ついてから両親から抱きしめられたことはなく、その後もずっと人とは一定の距離を置いてきた。そのせいで、人と触れ合うことはむしろ苦手だった。しかし実際に迅に触れられるようになって、これほど心地のいいものだということを初めて知ったのだ。

「綺麗だな…」

迅は薄ピンク色に染まった佑都の滑らかな肌に掌を這わせる。そして、小さく勃起した佑都の乳首をべろりと舐めた。

「あ……」

佑都の身体がぴくりと震える。

迅は更に、舌先で乳首の先端を突いてやる。そしてもう一方の乳首を指の腹で撫でられ、摘まれて、佑都は小さい声を上げた。

こんなとこを愛撫されて感じてしまうなんて…。迅によって自分の身体が変えられていってしまう。

「乳首弄られて、勃起させちゃってる？」

揶揄うような意地悪な目に、佑都はぞくっと震えた。

迅はふっと笑うと、乳首を舐めながら佑都のペニスに指をからめる。

「んっ……」

佑都は声を上げそうになるのを、手の甲で塞ぐ。

迅に見られていることが恥ずかしくて、目を瞑ってしまう。

「佑都のおち○○ん、反り返ってるね」

更に煽られて、佑都は恥ずかしくてたまらない。

ペニスの先端を指でくちゅくちゅと弄られて、佑都は我慢できずにあられもない声を上げてしまう。

乳首に軽く歯を立てられ、更に煽るようにペニスを愛撫されて、佑都はもう我慢できなくなって、迅の指を濡らした。

迅はティッシュを引き抜いて手を拭うと、佑都を引き寄せて口づけた。

「ね、俺のしゃぶってくれない？」

「え……」

「上手にできたら、挿れてあげるから」

迅は佑都の答えを待たずに、佑都の前に膝立ちになると、自分のペニスを掴んで佑都の鼻先まで持って行く。

佑都はごくりと唾を呑み込んで、おずおずとその先端にそっと舌で舐めた。

「…くすぐったいな」

迅は佑都の髪に指を潜り込ませて、くしゃくしゃと愛撫する。

佑都は、迅のペニスに舌を這わせてしゃぶり始める。

「ん…。いいよ…」

ぎこちない愛撫だったが、それでも迅は気持ちよさそうに息を吐く。

佑都は、迅のペニスを咥えると、彼が自分にしてくれたように唇で締めつけてみる。思った以上に迅のそれは大きくて、佑都は深く咥えることができない。

「佑都、ちょっといい？」

そう云うなり、迅は佑都の頭を自分の股間に押し付ける。彼の頭を掴んだまま、少し乱暴に腰を突き入れた。

「ぐっ……」

喉元まで咥え込まされて、佑都は苦しそうに眉を寄せた。その表情が、迅にはぞくぞくするほどそそられる。佑都の目には涙が滲んでいて、迅はその涙を指で拭ってやった。

が、佑都も苦しいだけではないようで、さっき射精したばかりのペニスがまた頭をもたげてきている。上顎に迅の逞しいものが擦り付けられて、ぞくぞくしてしまう。

とうとう、欲しがるようなフェロモンまで溢れさせていた。

「ごめん。ちょ、っと、たまんねえ…」

フェロモンにあてられて、迅は更に腰をグラインドさせた。

喉の奥にぶちまけたい、しかしそれはいくらなんでも可哀想すぎだろうと、そんな欲望を捻じ伏せて、迅は射精を堪える。

それでも限界はすぐにやってきた。迅は腰を引くと、佑都の口から自分のペニスを取り出して、佑都の顔に射精した。

驚いたような少し呆けたような佑都を、荒い息を吐きながらドSな目で見下ろすと、佑都の顔に飛び散った自分の精液を、指で塗り付ける。

「や…」

さすがに佑都も顔を背けてしまう。

「何考えて…」

「マーキング？」

「…バカじゃないの」

ティッシュを引き抜くと、ごしごしと顔を拭う。

そんな佑都を引き寄せて、迅は強引に口づけた。

「佑都、愛してるよ」

囁くと、佑都から甘いフェロモンがぶわっと溢れた。

迅はふっと笑うと、再び口づける。佑都の唇を啄み、ねっとりと舌をからませる。

佑都は煽られて、自分からも愛撫を返した。

二人は夢中になってキスを繰り返す。佑都は身体の奥がじんじんしてきた。

「じ、ん……」

名前を呼んだその声は、自分でも恥ずかしくなるほど甘い。

「欲しい？」

聞かれて、佑都は真っ赤になった。まだ自分からそんなことは云えない。なのに、フェロモンが誘うような匂いになった。

「…ちゃんと云えよ」

迅の目がまた意地悪げに光る。

わかってるくせに…。佑都はきゅっと唇を噛んだ。

迅は苦笑すると、佑都を四つん這いにさせて後ろに指を潜り込ませる。

「ここ、ぬるぬるになってる」

埋めた指を出し入れして、くちゅくちゅと弄ってやった。

その指を無意識に締め付けてしまう。

「やらしー奴…」

揶揄うように云って、なかなか入れてやらない。

「迅……」

泣きそうな顔で、振り返って迅を見る。

「ね……。早く…」

熱に浮かされたように懇願した。足りない。指だけじゃ全然足りないのだ。

「欲しいの？」

佑都は何度も頷く。もうこれ以上焦らされたらおかしくなりそうだ。

「もっと奥まで？」

こくこくと頷くと、指を奥深く入れて掻き回す。

「ち、ちがっ……」

「違う？　何が欲しいのかな？」

云わなければしてもらえない。佑都は唇を噛んで、そして消え入りそうな声で云った。

「迅の…。自分のペニス…」

「おち○○んって云って？」

「…おち○○ん、迅の…。早く……」

迅は満足そうに微笑むと、指を引き抜いて、ペニスをずぷりと挿入した。

「あ、あああっ…んっ……」

待ち望んでいたものに、嬌声を上げる。

迅は入れるなり、中を擦り上げてやる。

佑都の中はそれをしっかりと咥え込んだ。

発情期のときほどではないが、それでもそこは充分に濡れて、絶妙な締め付けで迅のペニスを呑み込んでいく。

一度射精したので、少し余裕を持って、迅は角度を変えながらグラインドを繰り返して、佑都の弱いところを探す。

ぴくんと反応したところを何度も突いてやると、佑都は更に濡れた声を上げた。

「あ、や、気持、ち……い…」

うわ言のように口をついて出る。

迅の動きに合わせて、中が緩んだり締まったりを繰り返して、佑都の身体は彼の意思とは無関係に迅を煽る。

「じ……ん……」

愛しい男を呼ぶ、淫靡な響き。

迅は挿入したまま体勢を変えて、横抱きにして更に深く押し入った。

「あ、あああんっ……」

片脚を抱え上げて、奥まで突きあげてやる。

「ふ、ふかぁ…い……」

佑都は自分でも何を云っているのか、殆どわかっていない。

「佑都の中、うねってる…」

迅が低く囁くと、眉根を寄せて快感に耐える佑都の表情が更に淫靡に歪んだ。

「佑都、凄くいいよ……」

このまま二人で、ひたすら快感を貪り合った。

あとがき

またまた、オメガバースです。

α心臓外科医×Ω小児科医の医者ものとなっております。私の中で攻は外科医、受は小児科医がどうも王道のようで、どうにも偏っています。

そして、すれ違いがちなカップルを結びつける「番」というパワーワード。こんな偶然ってご都合主義すぎない？　と思いがちですが、そこは本能が引き合うってことよねと思っています。

日ごろからわりと理屈っぽい方で、お話を作るときも整合性を保つ努力を自分なりにしていて、偶然が重なりすぎる設定のときは何とか納得できる理由をつけるようにしているわけですが、本能が引き合うならその偶然も必然と開き直ることができるわけで。魔法の杖を手に入れたようなものでしょうか。もちろんそれに甘えてはいけないのですが、ときにはこういうのも許されるかなと。

ちょうど執筆中にオリンピックが重なりました。作家活動を始めてから、あとがきでその話題に触れなかったことが殆どないので（あまりに時期がずれすぎたときは触れてないですが）、今回だけスルーというのも違う気がするので、自分なりの感想を残しておきます。

やはり、やはりオリンピックは特別だったなと。それに尽きます。

私自身は無観客試合の決断を支持していますが、それでもせっかくの自国開催なのに現場で応援してもらえないことは選手にとっては本当に残念だったと思いますし、観客として参加できなかったことも寂しいことには違いありません。（長野五輪を地元で観戦した経験がありますが、街中が賑わうあの独特な空気は本当に特別でした）

それでも、選手にとって、特にマイナースポーツの選手にとって、自国開催というのはもう全然違うのです。

何より強化費の拡大。これがとにかく大きい。大型のスポンサーがつかない競技は代表選手レベルでも自費で試合に参加しなければならないこともあるのです。そんな環境では海外遠征も思うようにいかないでしょう。強化費が増えるとそれを補うことができます。優秀なコーチを招聘することもできます。結果、よい成績が残せればその競技を目指す選手が増えて裾野が広がります。

私はスポーツ観戦オタクなので、選手たちのレベルアップが何よりも嬉しいのです。

一部のメジャーなスポーツ以外は、オリンピックでの活躍がすべてです。競技別の世界選手権で優勝を重ねても、オリンピックでの実績がなければ世間的には認められません。認められないと強い選手は育たないのです。

何十年もいろんなスポーツを見てくると、いろんなことを学びます。トレーニング法は科学的根拠に基づいた合理的なものとなり、ＡＩを活用した作戦術も当たり前になってきています。競技別の協会に若い理事が就任して、ファンを増やすために魅せる競技に取り組み出すところも出てきています。

様々な分野のプロたちが多く関わることで、画期的な効果を生み出しています。こういうの、わくわくしませんか？　これはオリンピックという大きなイベントがあるからできることなのだと思っています。

そういうことをいつも以上に感じた大会でした。

イラストの古澤《ふるさわ》エノ先生、お忙しいところお引き受けくださってありがとうございます。まだラフが届いていないのですが、どんな絵になるのか楽しみにしております。

また、担当さんにはいつもお世話になっております。自由に書かせてくださって感謝でございます。

何より、読者さまには最大級の感謝を。皆さまのおかげで書き続けていくことができていま
す。数多ある本の中から拙作を選んでくださってありがとうございます。心から。

二〇二一年八月　義月粧子《よしづきしょうこ》

カクテルキス文庫
好評発売中！！

発情期が狂うほどの、秘密のご褒美

箱入りオメガは溺愛される

義月粧子：著
すがはら竜：画

アルファの両親から箱入りで育てられたオメガの奏は、アルファの人気講師・宇柳のチャラさに呆れるも、宇柳のオーラと、何かが刺さるような違和感を覚える。特別扱いされている事実に、自分だけではないはず、と意識しないでいるも、酔った勢いで高級マンションに連れ込まれてしまい⁉

さらに予定より早い発情期が始まって、本能に抗えない宇柳との初めて経験するキスとセックスは、奪われるように情熱的で‼

イケメンチャラ大学講師α×物静かで健気な大学生Ωの溺愛ラブ♥

定価：本体 755 円＋税

…可愛い匂いしてるね

闇に溺れる運命のつがい

義月粧子：著
タカツキノボル：画

「もしかして発情してる？」オメガとは公言せず、弁護士事務所の調査員として働く祐樹は、エリート弁護士でアルファの倉嶋と目が合った瞬間、身体が震える程の衝撃を受ける。倉嶋から仕事を評価され、もっと彼の役に立ちたいと努力を重ねるが、ある日薬が効かず彼の体臭を嗅いだ途端、急に奥が疼き始め、倉嶋に捕獲されてしまう⁉　オメガのフェロモンのせいなのに、恋だと期待してしまう自分が惨めでも、彼の手を離すことができなくて…。

エリート弁護士×孤独なオメガの発情ラブ♥

定価：本体 755 円＋税

Cocktail Kiss Label

カクテルキス文庫をお買い上げいただきありがとうございます。
先生方へのファンレター、ご感想は
カクテルキス文庫編集部へお送りください。

〒102-0073　東京都千代田区九段北3-2-5 5F
株式会社Jパブリッシング　カクテルキス文庫編集部
「義月粧子先生」係 ／ 「古澤エノ先生」係

◆カクテルキス文庫HP◆ https://www.j-publishing.co.jp/cocktailkiss/

引き合う運命の糸 〜α外科医の職場恋愛

2021年10月30日　初版発行

著　者　義月粧子
©Syouko Yoshiduki

発行人　神永泰宏

発行所　株式会社Jパブリッシング
〒102-0073　東京都千代田区九段北3-2-5 5F
TEL　03-3288-7907
FAX　03-3288-7880

印刷所　中央精版印刷株式会社

ISBN978-4-86669-440-5　Printed in JAPAN